二見文庫

僕と先生　教えてください

睦月影郎

目次

僕と先生　教えてください

プロローグ

「おいポチ。いいか、お前が大将だからな」

クラスの不良、木村が保一に耳打ちした。

十二月上旬、期末テストも終わり、あとは終業式まで半日授業が続く。今日は最後の体育の授業で、柔道のクラス対抗試合が開催されていた。

五人ずつチームを組まされ、それぞれ団体戦の要領で勝ち進んできた。保一のグループは、常に保一だけが負けているが、他の四人が奮闘し、とうとう決勝まで来てしまったのだ。

窓の外からは、先に授業を終えた女子たちも鈴なりになって見物していた。

「そ、そんな……、負けるだけならいいけど、怪我させられちゃうよ……」

保一は尻込みして言った。

何しろ、相手の大将は柔道部の大伴。中学時代は県大会で優勝し、高一にして二段を取ったばかりの、重量級の猛者だった。

「いいか。大伴が相手じゃ俺たちの誰が相手をしても負ける。だがお前は、誰とやっても負けるんだから、お前の相手は当然大伴だろう」

「そうだそうだ」

他の三人も同調し、とうとう保一は五番目の大将の席に座らされてしまった。

宗方保一は、先日十六歳になったばかりの高校一年生だった。身長は百六十センチ弱、体重も五十キロ弱の小柄で、勉強は何とか中程度だったが、スポーツは大の苦手だった。

ここは三浦半島にある県立共学の普通高校。彼は美術部でマンガ家志望。一人っ子で、親は市役所に勤める公務員の、いわゆる中流家庭だった。

やがて決勝。

体育の授業とはいえ、さすがに決勝に残ったのは気の荒い連中ばかりで、みな負けまいと必死に取っ組み合いをしていた。

しかし苦戦し、先鋒と次鋒が何とか勝ったものの、中堅と副将が負けた。

「ちっくしょう！　これで負けだ。だがなポチ、あんまりみっともねえ負け方をするんじゃねえぞ！」

自信満々だった木村が、一本負けして戻り、八つ当たりするように保一に言った。

ポチとは保一のあだ名で、ヤスイチと呼ばずポイチと呼ばれたのが縮まったのだ。

だが、膝をガクガク震わせながらいやいや立ち上がった保一に、何か変化が起こっていた。

（なんだ？　これは……）

全身に気力がみなぎり、見上げるほどに大柄で体重が倍近くもある大伴と対峙しても、少しも恐くなくなってきたのだ。

（何だか、負けるような気がしないけど。どうしてだろう……）

大伴と向かい合い、互いに礼をした時には、恐怖や緊張はすっかり消え去っていた。

やがて審判役である体育教師が「はじめッ！」と声をかけ、双方近づいた。

大伴の方は、最初からなめてかかってきていた。真新しい黒帯が眩しく、秒殺する勢いで両手を伸ばしてきた。

「ポチーっ！　頑張ってえ！」

中学から一緒だった麻生祐美が声をかけてくる。

周囲がどっと笑った。誰も、彼が善戦するなど思ってもいないのだ。

そして、以前の保一なら、そんな祐美の声を迷惑で恥ずかしく思ったのに、今は違っていた。保一は、声の方をチラと見て笑みを向けたのである。

「なんだ、こいつ！」

大伴は表情を険しくし、よそ見をした保一の襟と袖をつかんできた。

そのまま強引に巻き込み、得意の右内股！

これほど体重差があれば、崩しも技も要らない。単に大伴の怪力で引き寄せ、わずかに身をよじるだけで保一は吹っ飛んでいくだろう。誰もがそう思った。

その瞬間、

「な、なにいッ……！」

見ていた木村があんぐりと口を開けた。

それは、体育教師も周囲で見ている者も、いや、投げを打った大伴もみな同じであった。

保一は自然に身体が動くのを感じた。

大伴の右足を外して懐に飛び込み、奴の左袖を握ったまま身を沈めたのだ。

さらに、もんどりうった大伴を肩にかつぎ上げていた。これほど見事に技が決まれば、テコの原理でほとんど力は入れなくて済んだ。

何とも豪快な左肩車！

全員が、小柄な保一の肩を中心に、大柄な大伴が弧を描いて宙に舞うのを、信じられない面持ちで見た。

やがて、大伴が畳に叩きつけられる大きな音で、みな我に返った。

「か、勝ちやがった……、そんなバカな……」

見ていた木村は声を震わせた。

少し間を置いて、

「すごーい！　ポチ、見直したわーッ！」

祐美の声が響き、それを合図に大きなどよめきが上がった。

体育教師も、思い出したように「一本！」と声を出し、右手を上げた。

(な、何が起こったんだ……？)

夢うつつで礼をすませた保一は、自分に向けられている歓声に戸惑いを覚えた。

「いいか、柔よく剛を制す。これが柔道の真髄だ。あのように、偶然にしろタイミングがよければ、小柄な宗方でも大きな大伴を投げられるってことだ」

体育教師が、自分を納得させるように言った。

「てめえ、一体どうしちまったんだよ」

席に戻った保一を、木村が目を真ん丸にさせて詰め寄った。

その木村も、保一はもう怖いと思わなかった。

第一章　夜の手合わせ

1

「柔道で、大伴君に勝ったんですって？」

帰りのホームルームの後、教室を出た保一を追って、担任の佐々木悦子先生が話しかけてきた。

「はあ、自分でもよく分からないけど……。それで大伴君が、納得いかないんでもう一度道場に来てくれって、いま呼び出されたんです」

「そう。まあ大伴君は男らしい子だから、本心から疑問に思ったんでしょうね。報復しようなんて意図はないと思うけど、でも、行くのが嫌なら私が言ってあげるわ」

悦子先生は国語教師で二十八歳独身、剣道部の顧問をしていた。大学の剣道部を出てからも町道場に通い、今は四段の腕前だった。学校の武道場は、柔道部と剣道部が二分して使用しているため、悦子先生も大伴のことはよく知っているのである。

「いえ、それが、嫌じゃないんです」

「そうなの？」

悦子先生は小首をかしげ、保一の顔を覗き込んだ。担任として、彼が運動音痴であることを知っているから不思議に思ったのだろう。

「ええ。何だか変なんですけど……」

「そうね。宗方くん、何となく変わったわ。急に」

並んで廊下を歩きながら、悦子先生が言う。

保一は、たまにオナニー妄想でお世話になっていた美人先生と話せるのが嬉しく、少しでも彼女の匂いを嗅ごうとして、全神経を彼女の方に向けた。

「今日も授業で、古文の問題を簡単に答えたでしょう。予習してきたの？」

「いいえ」

「そうよね。その場で考えて答えた感じだったから……。ちょっと待っててね。一緒に行きましょう」

まだ悦子先生は気になるようで、職員室の前で保一を待たせた。そして自分の机に出席簿を置いて、すぐに出てきて一緒に武道場に向かった。

そこへ、同じクラスの麻生祐美が合流した。

「ねえポチ、もしマグレが二度続いたら、デートしてあげるわ」

祐美は、悦子先生とは反対側から保一に耳を寄せて囁いてきた。

美少女の、ほんのり甘酸っぱい息を感じて、保一はピクンと股間を疼(うず)かせてしまった。美しい悦子先生と同じぐらい、この愛くるしい美少女は保一のオナニー妄想に多く登場しているのだ。

やがて三人が武道場に入ると、もう大伴は柔道着に着替え、支度して待っていた。授業で審判をつとめた柔道部顧問の体育教師も待っていたから、やはり大伴は報復ではなく、心から納得できなくて再試合を求めているのだろう。

「やあ、よく来てくれたな」

大伴が不敵な笑みを浮かべて言う。一年生だが、元中学生チャンピオンとして貫禄があった。二、三年生の部員もいるが、黒帯は数えるほどである。

保一は、柔道部員たちに気後れすることもなく、更衣室を借りて自分の授業用の柔道着に着替え、白帯をキュッと締めた。

「おいおい、本当かよ。大伴が一本負けしたってのは」

上級生たちが、小柄で頼りない柔道着姿の保一を見て言った。おそらく上級生の彼らでさえ、大伴にはなかなか勝てないでいるのかもしれない。

「本当だ。大伴に油断がなかったとは言えないが、彼の技の切れはまぐれじゃないぞ」

一番近くで見ていた体育教師が言うと、上級生たちも表情を引き締めた。

「じゃ、いいな、宗方」

「はい、いつでも」

頷いた保一の落ち着きように、全員気を呑まれたように押し黙った。

隣の剣道場でも噂が広まっているのか、部員たちは稽古を止めてこちらを見ていた。そして剣道着に着替え終わった悦子先生も、柔道場の方を向いて端座（たんざ）した。

やはり担任として気になるのだろう。

「ポチーっ、頑張ってぇ！」

窓から、祐美の声が聞こえた。

保一は、再び大伴と対峙し、礼を交わした。彼も、授業とは違い気力と闘志を満々にして保一を睨んでいた。上級生の前で無様な負け方はしたくないだろうし、それ以上に自分を納得させたいのだろう。

教師が開始の合図をすると、大伴は大柄な身体をさらに大きく見せようとするかのように両手を広げ、正面というより真上から保一につかみかかってきた。

大伴は保一の両奥襟をがっちりと握った。だが授業と違い、そのまま強引に大技をかけることはなく、慎重に様子を見るように足払いを飛ばしてきた。

しかし今回は、保一の方も違っていた。

待って返し技をかけることをせず、自分から仕掛けていったのだ。

大伴の足払いに対し素早いツバメ返し。大伴は辛うじて体勢を立て直したが、その一瞬の崩れの隙に、保一は彼の懐に飛び込んでいた。

「うわ……！」

自分の体重が小柄な保一に引き寄せられ、大伴が声を洩らした。

もちろん、その時はもう遅かった。

大伴は再び、保一の肩を中心に大きな弧を描いた。壮絶な背負い投げに一回転し、大伴は地響きを立てて仰向けに倒れた。

「わあ、やったあ！」

窓の外から祐美が歓声を上げ、見物していた生徒からどよめきが上がった。

しかし柔道部員や剣道部員は、声もなかった。なまじ稽古の厳しさと、経験者と素人の差を知っているから、いま見たものが信じられないのだろう。

さらに保一は、大の字になった大伴の首の辺りを、手刀で斬るような動作をした。

「あれは……？」

見ていた悦子先生が呟いた。

「じゃ、僕これで」

保一は、まだ半身起こして呆然としている大伴に礼をし、すぐ更衣室に戻ろうとした。

「ま、待て。お前どこで柔道やってた……」

教師が呼び止めて言うが、今までの柔道の授業で保一が平均以下の実力だったことは、彼が一番よく知っているのだ。

「やってません」

「そ、そうだよな。全く不思議なことだが、急に目覚めたのかな……。とにかく、どうだ、柔道部に入らないか」

「いえ、お断わりします。僕、美術部員ですから」

保一が更衣室に入って着替えはじめてからも、教師や上級生は熱心にすすめた。

「一体どこから、あんな力が出るんだろうな……」

柔道着を脱いだ保一の貧弱な胸や肩を、教師がペタペタ触りながら呟いた。

2

「ね、入って。誰もいないわ」

祐美が、保一の手を引っ張って言う。

今日は美術部の活動もないから、あれから保一は道場を出て下校してきたのだ。一緒に歩いてきた彼女は、自分の家の前で強引に彼を誘ってきたのである。

「うん……」

保一も頷き、二人して素早く彼女の家に入ってしまった。

中学時代から同じ学区だから、彼女の家も知っていたが、こうして入るのは初めてだった。

駅に近い住宅街の二階建てで、祐美も一人っ子。父親は会社員で母親はスーパーのパート。夜まで彼女一人きりらしい。

二人は、祐美の部屋のある二階に上がった。

もちろん保一は、女の子の部屋に入るのは生まれて初めてだ。奥の窓際にベッド、手前に本棚と学習机、作り付けのクローゼット、あとはラジカセとぬいぐるみなどがあり、閉めきられた室内には生ぬるく甘ったるい思春期のフェロモンが籠もっていた。

祐美は三月生まれなので、まだ十五歳。保一と同じぐらい小柄だが、彼と違ってスポーツも得意で、明るく活発な美少女だ。

「本当に、びっくりしちゃった。大伴君に二回も勝ったんだから、まぐれじゃないよね。それに授業でも、最近なんか輝いてるよ」

祐美は、まだ興奮醒めやらぬ様子で言い、彼の手を引いてベッドに並んで座った。

そのまま手を離さず、保一の腕と肩に寄りかかってきた。

「ポチのこと、好きになっちゃおうかな……」

言ってから、祐美は近々と保一の横顔を見た。

「もうポチなんて言ったらいけないね」

「いいよ。別に今までどおりで」

「だって、ペットみたいな言い方だよ」

「うん。男に言われると腹が立つけど、君ならいい」

保一は答えながら、ここでも何やら分からない自身の内部の変化を感じ取っていた。

女の子の部屋で身体をくっつけ合っている、その興奮と緊張は全身を駆け回って激しく勃起しているのだが、心の片隅で、この状況を冷静に楽しみ、次への行動を考えていたのだ。

やがて保一は自分から、祐美の肩を抱き寄せて唇を求めていった。

「な、なに、ポチ……」

近々と顔を寄せていくと、祐美が戸惑ったように甘酸っぱい息を弾ませた。

それでもピッタリと唇が重なり合うと、祐美の長い睫毛が伏せられ、拒むこともなく保一に身を預けてきた。柔らかく弾力ある唇が押しつぶれ、さらに美少女のかぐわしい吐息が湿り気を含んで保一の鼻腔を刺激してきた。

ファーストキスの感激に激しく胸が高鳴っているのに、保一はわずかに冷静な部分でシッカリと祐美の感触や匂いを観察し、自分から舌を伸ばしていった。

舌先で祐美の唇を舐め、徐々に内部に差し入れていくと、滑らかな歯並びに当たった。左右に歯並びをたどり、引き締まったピンクの歯茎まで味わっていると、ようやく祐美の前歯が開かれていった。

内部に潜り込ませていくと、触れ合った祐美の舌がピクッと奥へ避難し、それでも再びそろそろと触れてくる。祐美の舌は甘く濡れて柔らかく、口の中はさらに濃厚な可愛らしい果実臭が満ち、保一は貪るように美少女の口腔を隅々まで舐め回した。

祐美は目を閉じて息を弾ませ、やがてスウッと力が抜けていくように、保一に押されるままベッドに仰向けになってしまった。

保一は精いっぱい舌を伸ばして、祐美の歯の裏側から頬の内側まで舐め回し、ようやく唇を離した。

祐美はグッタリと放心している。本当は、誰もいない家に招いて、好奇心旺盛な彼女の方から誘うつもりだったのだろうが、予想に反しあまりに保一が積極的なものだから、すっかり受け身になってしまったようだった。

保一は、そのまま彼女の乳臭い髪にも顔を埋めて嗅ぎ、窓から射す冬の陽射しの透ける耳にも吸いついていった。

「あん……！」

耳たぶを含み、耳の穴にヌルッと舌を差し入れると、祐美がビクッと肩をすくめて小さく声を洩らした。そして首筋を舐め下りながら、セーラー服の胸元に顔を埋め込んでいった。

しかしVゾーンがなかなか開かず、中のブラも邪魔だった。

「ね、脱がせてもいい？」

保一は顔を起こして囁き、返事を待たず制服の裾をめくり上げはじめた。

「待って……」

祐美も答え、自分からスカーフを解いてシュルッと引き抜き、セーラー服を脱ぎはじめてくれた。そしてカーテンを閉め、ブラも取り外して再び仰向けになった。

保一は、胸を隠している祐美の両手をやんわりと引き離し、可愛らしいオッパイを近々と観察した。成長途上の膨らみは、羞恥におののくように息づき、思春期の張りと弾力を秘めているようだった。乳首は可憐で初々しいピンク色。乳輪は周囲の白い肌に溶け込むような淡い色合いだった。

保一はチュッと軽く含んで吸い、舌で転がすように舐めてみた。

「ああっ……、ダメ、くすぐったい……」

祐美が、消え入りそうな声で言った。

まだ快感より、くすぐったい感覚の方が強いのだろう。保一は舐めるのをやめ、唇に挟んで引っ張るように吸いついた。

「く……！」

祐美が息を詰め、肌に力が入った。

同時に、胸元や腋の下から、ふんわりと生ぬるい匂いが揺らめいてきた。それは乳臭い髪の匂いにも似た、思春期のフェロモンだった。

保一はもう片方も含んで吸った。唾液にヌメった乳首は、最初は柔らかく陥没しがちだったのが、次第にコリコリと硬くなって、舌の圧迫を弾き返すようになってきた。

乳首に吸いつきながら、保一はそろそろと彼女の下半身に手のひらを這わせていった。

スベスベの太腿は何とも柔らかく張りがあり、まだ誰も触れていない神聖な感触が伝わってくるようだった。スカートの中に手を入れ、内腿を撫で上げていくと、祐美がキュッときつく両膝を締めつけてきた。

保一は彼女の胸から顔を上げ、そのまま下半身へと移動していった。

しかしスカートをめくろうとすると、

「あん、ダメ……！」

祐美は両膝を閉ざしたまま、股間を庇(かば)うようにゴロリと横向きになってしまった。

もちろん本気で拒んでいるのではなく、恥じらいによるものだろう。保一は深追いせずに、先にソックスの足に屈み込んでいった。

前から女の子の脚にも関心があり、異性の全ての匂いを知りたいと思っていた保一は、その足裏に顔を押し当ててしまった。

足の裏と爪先の部分は、純白のソックスがわずかに黒ずんで、汗と脂に湿った匂いを籠もらせていた。保一は夢中で鼻を押し当てて嗅ぎ、やがて左右のソックスを脱がせてしまった。

素足にさせ、再び保一は祐美の足の裏に口づけし、新鮮なフェロモンを吸収した。

足の裏は生温かく、指の股はほんのり湿り気を帯び、控え目で可愛らしい匂いが保一の鼻腔を刺激してきた。

舌を這わせ、爪先をパクッと含むと、

「あぁッ……！」

祐美が声を震わせ、ビクッと足を引っ込めようとした。

それを押さえつけ、保一はうっすらとしょっぱい味覚のある指の股をしゃぶり、両足とも心ゆくまで味わってしまった。

やがて祐美の下半身から力が抜けていき、保一も徐々に脚の内側を這い上がって、濃紺のスカートの内部に顔を潜り込ませていった。

今度はうまく両膝の間に侵入することができ、保一は薄暗く生温かい内部で、ムッチリとした内腿に顔を挟まれながら前進した。

活発な祐美も、さすがに内腿は透けるように色が白く、スベスベの感触が気持ちよかった。

そして白い下着の中心部に強く鼻を押し当てると、奥のコリコリが伝わってきた。鼻を埋め込んだまま深く息を吸い、繊維を通してうっすらと伝わる美少女の匂いを感じ取った。

もう我慢できない。

保一は少々抵抗されながらも、強引に彼女の下着を引き下ろし、とうとう完全に両の足首からスッポリ抜き取ってしまった。

「あん、待って……」

祐美が心細げに言ったが、保一は再び彼女の股間に顔を潜り込ませ、初めて見る異性の神秘の部分に近々と顔を寄せて観察した。

色白の滑らかな肌が下腹から股間へと続き、ぷっくりした丘に若草がモヤモヤと恥ずかしげに煙っていた。

真下のワレメからは、わずかに薄桃色の花びらがはみ出している。

指を当ててそっと左右に開くと、微かにクチュッと湿った音がして、内部のヌメヌメするお肉が丸見えになった。

張りのある陰唇の奥には、細かな襞に囲まれた処女の膣口が息づき、ポツンとした小さな尿道口も確認できた。さらに包皮の下からは、ツヤツヤとした真珠色のクリトリスも顔を覗かせていた。

保一は、股間全体に籠もった湿り気ある熱気とフェロモンに誘われるように、とうとう祐美の中心部にギュッと顔を埋め込んでしまった。

3

祐美が声を上げ、内腿でギュッと保一の顔を締め付けながらビクッと腰を跳ね上げた。

「あん……！」

しかし保一の方も、もう彼女の反応など気にならないほど夢中になっていた。

柔らかな恥毛に鼻をくすぐられ、その隅々に染み込んだ思春期フェロモンは、何とも悩ましく保一の官能を刺激してきた。

実際は、汗やオシッコ、処女特有の分泌液などがミックスされた匂いなのだろうが、それが何とも言えない艶めかしい匂いにブレンドされて保一を酔わせた。

さらに舌を這わせてワレメ内部に差し入れると、すぐにヌルッとした柔肉が迎えてくれた。クチュクチュと動かすと、溢れてきた蜜が心地好く舌をヌメらせ、うっすらとしたしょっぱい味と酸味が感じられて、いかにも美少女のエキスを舐めているという実感が得られた。

処女の膣口に潜り込ませて舐め回し、そのままヌメリをすくい取るようにゆっ

くりとクリトリスまで舐め上げていくと、

「あぁッ……!」

祐美が顔をのけぞらせて喘ぎ、内腿に強い力が入った。

この小さな突起が最も感じるのだろう。保一は舌先をクリトリスに集中させ、たまにワレメ内部に溢れてくる蜜をすすった。

そして彼女の両足を抱え上げ、オシメでも替えるようなスタイルにさせながら、可愛らしいお尻の谷間にも鼻先を潜り込ませていった。

お尻のワレメにも淡い汗の匂いが籠もっていたが、可憐なピンクのツボミにはさして刺激的な匂いはなく、少し物足りない感じがした。

こんな美少女でも、ちゃんとお尻の穴があるからには排泄しているのだろうが、その匂いが感じられないとなると、排泄すら信じられない気になってしまった。

実際、そのツボミは単なる飾りのように小さく、あまりに美しいのだ。

細かな襞が中心部から周囲に延び、まるで野菊のようだった。

舌先でそっとくすぐるように探り、襞の震えを感じ取りながら、唾液に濡れたツボミに浅く潜り込ませてみた。

「く……、ダメ、そこは……!」

祐美が息を詰めて言い、拒むようにキュッと肛門を締めつけてきた。

それでも内部は、表面と違ってヌルッとした感触の粘膜で、保一は執拗に中でクチュクチュと舌先を蠢かせて味わった。

やがて祐美が、浮かせた脚をバタつかせて暴れ、保一も仕方なく肛門から舌を離して再びワレメに吸いついていった。わずかの間に、ワレメの中はすっかりヌルヌルと新たな愛液が溢れ、可憐な陰唇もぽってりと熱を持ったように色づいていた。

保一は舐め回しながら、自分もズボンと下着を引き下ろし、やがてそろそろと身を起こして前進していった。

先端をワレメに押し当て、ゆっくりと挿入していくと、

「あう！」

祐美が声を上げ、火傷でもしたように眉をひそめた。

「痛いかい？」

「うん……」

祐美は本当に痛そうに頷いたが、いちばん太い亀頭が潜り込んでしまうと、あとはヌルヌルッと滑らかに奥まで呑み込まれていってしまった。

根元まで深々と貫き、身を重ねると、美少女の温もりと感触が保一自身を包み込み、奥からドクンドクンと若々しい躍動までが伝わってくるようだった。

いま、美少女と一つになっているのだ。

保一は信じられない思いで、祐美の柔肌を実感した。

祐美は下からシッカリと両手を回してしがみつき、奥歯を噛み締めて破瓜の痛みを堪えていたが、少しでも保一が動くと、全身を強ばらせて拒絶反応を示してきた。

「ダメかい？」

「うん、動かないで……」

祐美が必死に言うので、本当なら挿入時の摩擦快感だけでも昇りつめそうになっていた保一は、何とか高まりを抑えて動くのをやめた。

そして、キュッキュッと締め付けられる感触を充分に味わい、祐美の処女を奪ったという実感を得てから、保一はそろそろと引き抜いていった。

「ああん……！」

ヌルッと引き抜くと、祐美は声を洩らして両手を縮めた。

完全に離れると、股間を庇うように両膝を閉じたが、保一はそれを無理に開かせて観察した。薄桃色の陰唇が痛々しくめくれ上がっていたが、別に出血はないようだ。

安心して添い寝し、保一は射精寸前のペニスをグイグイと祐美の肌に押しつけた。

「ねえ、もう入れないから何とかして……」

保一は言いながら、祐美の手を取り、そっとペニスに導いた。

祐美は、ほんのり汗ばんだ柔らかな手のひらで、保一の快感の中心をやんわりと包み込んでくれた。

「どうすればいいの……？」

祐美が、無邪気にニギニギしながら囁く。

保一は答えず、仰向けのまま彼女の顔を自分の股間へと押しやっていった。

祐美も拒まず、素直に彼の股間へと顔を寄せていった。また入れられるよりマシと思ったのかもしれない。

「変な形……、こんな太いのが入ったのね……」

ペニスに顔を寄せ、なおも珍しげに指を這わせながら祐美が囁く。

保一は仰向けのまま、股間に美少女の熱い息と視線を感じながら、ゾクゾクと胸を震わせてじっとしていた。

祐美は幹を握り、陰嚢を観察し、さらに持ち上げて肛門の方まで覗き込んでから、ようやく先端に唇を寄せてきてくれた。

ペニスに熱い息がかかり、柔らかな唇がチュッと亀頭に押し当てられてくる。

チロリと舌が伸び、尿道口から滲んだ粘液を舐め取りながら、次第に亀頭全体に舌先が這いまわってきた。

「ああ……」

保一は快感に喘ぎ、チロチロ動く美少女の舌に翻弄されるようにクネクネと悶えた。

祐美は幹を舐め下り、陰嚢にもまんべんなく舌を這わせ、二つの睾丸に吸いついて充分におしゃぶりしてから再び先端までいって、今度は丸く口を開いてスッポリと呑み込んできてくれた。

美少女の口の中は熱く濡れ、股間にかかる息と唾液に濡れた唇に締めつけられる感触が何とも心地よかった。長い髪がさらりと内腿に流れ、内部では滑らかなシルク感覚の舌先が幹の裏側に這いまわっていた。

たちまちペニス全体は、美少女の清らかな唾液に温かく浸り、さらに強くチュッチュッと吸われて、保一は急激に高まってきた。

「こうして……」

保一は言いながら、彼女の髪に手を置き、ゆるやかに上下させた。

祐美も心得たように、次第にリズミカルに顔全体を上下に動かし、スポスポと柔らかな口で摩擦運動を繰り返してくれた。

「ああっ、いく……」

もう、ひとたまりもなかった。

たちまち保一は激しい快感に全身を貫かれ、祐美の喉の奥に向けてドクンドクンとありったけのザーメンを噴出させてしまった。

「ンン……」

喉を直撃され、祐美が驚いたように呻（うめ）いた。

しかし、こんな可憐な美少女でも、もう高一ともなれば男性器のメカニズム程度は知っており、友人からも口内発射の話ぐらい聞いているのだろう。だから口を離すことはなく、抵抗感よりも好奇心の赴くまま、全ての噴出を受け止めてくれた。

そして口の中がいっぱいになると、亀頭を含んだままゴクリと喉を鳴らして飲み込み、余りを吸い取ってくれた。

「ああ……」

あまりの快感に、保一はうっとりと声を洩らした。

これは、オナニーの何百倍の快感だろうか。しかもザーメンを自分で拭いて処理しなくてよい。全て飲み込んでくれているのだ。

彼女がザーメンを喉に流し込むたび、口の中がキュッと締まってダメ押しの快感が得られた。

やがて保一は、最後の一滴まで最高の気分で放出し、グッタリと力を抜いた。

祐美も最後まで飲み干し、ようやくチュパッと口を離してから、なおも尿道口にペロペロと舌を這わせてくれた。

「く……」

射精直後の亀頭が刺激され、保一はヒクヒク幹を震わせながら呻いた。

ようやく、祐美が全ての作業を終えて添い寝してきた。

「全部飲んじゃったの？」

「うん……」

「気持ち悪くない？」

「平気、ちょっと生臭いけど……」

祐美は健気に言い、甘えるように保一の胸に顔を埋めてきた。

4

「ねえ、ちょっと気になるのだけれど」

冬休みも間近に迫った放課後、帰ろうとする保一を追って、担任の佐々木悦子先生が話しかけてきた。

「はあ」

「こないだの柔道の技。投げたあと、手で大伴君の首を斬る動作をしたでしょう」

「覚えてません。ほとんど無意識だったから」

「あれ、調べてみたら、鎧(よろい)組み打ちの古い型で、戦場で投げ飛ばしてから小刀で相手にとどめを刺す技なのよ。竹内(たけのうち)流の腰廻りという技に似ているけど、どこで習ったの？」

悦子先生は、古武道に詳しいようだった。

「いえ、ぜんぜん分かりません」

「そう。成績も急に伸びてきたし、物腰も自信に満ちてきたように思えるわ」

「ええ、自分でも変だと思うんですけど、今は上級生のツッパリなど、何も怖いと思えなくなりました」

「大伴君を投げたくらいですものね……」

「柔道だけじゃないと思います。たぶん僕、剣道でも先生に勝てるんじゃないかと……」

「何ですって？」

負けん気の強い悦子先生が、美しい眉を険しくした。

「だって、本当なんです」

「剣道の経験は？」

「もちろんありません。でも、できそうな気がします」

「じゃ、これから道場へ来る？」

自信満々の保一の言い方に、悦子先生は挑戦的に答えた。

道場というのは、彼女の伯父が師範をしている町道場のことだった。悦子先生は地元出身で、今は学校近くのアパートを借りているが、今も学校で剣道部の顧問をしながら、週に一回は通っているようだった。

「いいですよ。僕が負けたら入門してもいいし、先生の言うこと何でもききます。でも、もし先生が僕に負けたらデートしてくれますか？」

「いいわ。何でも言うことをきいてあげる。その代わり手加減しないわ」

悦子先生は言うと、保一を校門の外に待たせ、すぐ自分の車を出してきた。

シビックの助手席に乗り込むと、まるで彼女の私室に入ったように、車内はほんのりと甘い香りがした。

十五分ほどで、古めかしい道場に着いた。

駐車場に車を入れ、悦子先生は先に母屋に声をかけてから道場を開けてもらった。今日は稽古日ではないので、他には誰もいないようだった。

入口の看板には『誠衛館』とあり、さすがに道場の中も鎧兜や日本刀が飾られて、スポーツ剣道の学校の道場とは趣を異にしていた。

「稽古着は？」

「柔道着がありますので」

保一は、スポーツバッグから授業用の柔道着を出した。もう体育の授業はないので、ちょうど今日、洗濯に持ち帰るつもりだったのだ。

「じゃ、防具はこれで合うと思うわ。着け方が分からなかったら後で聞いて」

悦子先生は言い、自分は更衣室に入っていった。

保一は道場の片隅で、まず学生服を脱いで柔道着に着替え、白帯の代わりに剣道具の垂(たれ)を腹に締めた。そして黒胴を胸に当て、肩に回した紐を結んだ。初めてなのに、着け方を迷うことはなかった。

いったん立ち上がり、垂と胴だけつけてアキレス腱を伸ばし、軽く運動した。防具を着けても、特に動きにくいということはない。道場の隅にたくさん立てかけてある竹刀入れに近づいて選んでいると、やがて稽古着に身を包んだ悦子先生が奥から出てきた。

長い黒髪を後ろで束ね、白い稽古着に赤胴が鮮やかに映えている。

授業中でもきりりとして美しい悦子先生だが、やはり稽古着に身を包むと、美しさに凄みが加わるようだった。

しかし何故か、やはり保一は勝てると思った。

「私は三尺九寸の竹刀だけど、宗方君はどうする?」

「これでいいです」

保一は、悦子先生ほど背が高くないので、彼女より二寸短い少年用の竹刀を選んで手にした。そして二人は、がらんとした道場内で左右に分かれて正座し、面と小手を着けた。

保一が頭にタオルを巻き、面をかぶってきっちり紐を結ぶのを見てから、悦子先生も手早く面小手を着けて立ち上がった。

「前に、防具を着けたことがあるの？」

「いえ、テレビで見たぐらいで……」

「そう。少し面打ちの練習する？」

「いいえ。いきなり試合でいきませんか？」

「いいわそこまで言うなら……」

保一が言うと、悦子先生も声を引き締めて答え、互いに礼をして道場中央で蹲踞した。

立ち上がり、双方竹刀を中段に構えている。

悦子先生の切っ先は保一の喉元を向き、保一の切っ先は、それよりやや高い。

彼女の顔面に向けられていた。

「エ……！」

悦子先生は、気合を発して一歩進もうとしたが、絶句して逆に跳び下がった。保一の構えに威圧され、無意識に、進んではいけないと悟って身体が動いたのだろう。

しかし保一はそれより早く前進し、目にも止まらぬ速さで彼女の面を打っていた。

勢い余って体当たりすると、悦子先生は呆然としたまま壁に当たって尻もちを突いた。

「あ、大丈夫ですか……？」

保一が言うと、

「へ、平気よ……。それより二本目を……」

彼女はすぐに立ち上がり、竹刀を構えた。

保一も、元の位置に戻って中段に構え、試合を再開した。

今度は、意表を突いて悦子先生は上段の構え。小柄な保一を、さらに圧倒するように自分を大きく見せていた。

しかし保一は、動じることもなく再び軽やかに前進していた。

その瞬間、悦子先生の竹刀が彼の面に振り下ろされた。

保一は彼女の竹刀をかいくぐって、激しい抜き胴。大きな音が響いて、悦子先生はまた信じられないふうに、走り抜けた保一を振り返った。

「お、お願いよ。もう一本……」

「いいですよ、何本でも。でも約束は忘れないで。何でも言うことをきくって」

「忘れてないわ！」

悦子先生が、三たび竹刀を構えて向かってきた。

もう保一は余裕だった。むしろ、この美しく凛然とした先生を自由にできるかと思うと股間が疼いた。

彼女は、再び中断に構えたが、やや前屈みになっている。

（突く気か……）

すぐに保一は察した。

剣道四段の悦子先生が、初心者を相手に突きを見舞うなど、本来なら考えられないことだが、それほど焦り、切羽詰まっているのだろう。

もちろん保一は、突かれようとも恐くはなかった。

むしろ誘うように竹刀を下げ、下段の構えを取った。すると悦子先生は、渾身の力を込めて諸手突きを繰り出してきた。

「エーイ……!」

悦子先生の、鋭い気合が響き渡った。

しかし保一は竹刀を上げて軽く受け流しながら、逆に竹刀の先端で彼女の喉を捕らえていた。

「ウッ……!」

彼女は喉を突かれてもんどりうち、そのまま仰向けに倒れた。同時に保一は駆け寄り、彼女の首に竹刀を押し当てていたのだ。

戦場ならば、喉を突かれた上、頸動脈を切断され、完全に彼女は絶命していることだろう。

「大丈夫? 先生」

保一は竹刀の構えを解いて言った。

「それとも、まだやりますか?」

「も、もういいわ。降参……」

悦子先生も、すぐには起き上がれず面金(めんがね)の奥で苦しげに答えた。

5

「今も、どうして負けたのかよく分からないわ……」

悦子先生が言う。少し、喉が赤くアザになっていた。

あれから道場を出て、保一も一緒に車で彼女のハイツに来ていたのだ。

「とにかく、柔道も剣道も、古い型であることは間違いないわ」

「ええ。身体が自然に動くので、何だかご先祖の経験した技を、そのまま使ってるような感じです」

「これまで、何か変わったことはなかった？」

「いえ。柔道の授業の時に急に……」

「遺伝子の中に、代々培ってきた技が生かされているのかしら。私の従姉が遺伝子の研究室にいるから、そこで調べてみない？　どうせ冬休みだし。従姉というのは、あの道場を経営している伯父の長女なの」

「はあ、どうせ休みに入れば暇だから行ってもいいですけど、今はそんな話よりも――」

保一は、話を打ち切るように言った。

何しろ、悦子先生が寝起きしている部屋に入り、室内に籠もる甘ったるいフェロモンにすっかり興奮が高まってしまっているのだ。

アパートは二階建で、先生の部屋は二階の奥。六畳と四畳半、キッチンにバストイレの２ＤＫだ。六畳はテレビやテーブルなどがあるリビングとして使い、四畳半の方が寝室でベッドとドレッサーが置かれていた。

おそらく、生徒でここへ入ったのは保一が初めてだろう。

「そうね。勝負に負けたのだから……」

悦子先生も、約束を思い出して俯向いた。

「でも、好きにするって、どうするつもりなの……？」

「もちろん、セックスを教えて下さい。僕、前から先生が好きだったから、最初の人は先生にしたいんです」

保一は、思い詰めたように言った。

本当は祐美で初体験しているのだが、初めてと言った方が悦子先生もその気になってくれるかもしれない。

「そんなこと、できるわけないでしょう……」

こうした要求を、多少予想していたのだろう。

彼女は頬を強ばらせて答えた。

「でも、約束です」

保一はきっぱり言った。

「困ったわ……」

「だって、先生は負けるわけないと思って約束したのでしょう。それが負けたのだから諦めて下さい。それとも、あのまま十本勝負にでもすればよかったですか?」

「いいえ、何本やっても、君には勝てないわ……」

「それならば」

「ただ、こんなことで体験するのは、よくないわ……」

悦子先生は、心の底から困惑しきっていた。

「先生は、ただ災難だと思ってじっとしてればいいです。でも僕は、大好きな憧れの先生と初体験できるんだから良くないことじゃないです。大きな意味のあることです。さあ……」

保一は強引に彼女の手を取り、隣の寝室へと引っ張っていった。

悦子先生も、力なくフラフラと従い、やがてどさりとベッドの端に腰を下ろした。

保一は、詰め襟の学生服だけ脱いでから、悦子先生の正面からブラウスのホックを外しはじめた。

「ま、待って……」

まだためらい、悦子先生は保一の手を押さえた。

「いい？　一度きりにして。そしてこのことは、絶対誰にも……」

「ええ、もちろん誰にも言ったりしません。それに、明日になれば忘れますから、いい気になって何度も求めるようなことはしないです」

「そう……」

保一の言葉に、ようやく諦めがついたように悦子先生は手を離した。

ブラウスが左右に開かれ、スカートのウエストから裾が引っ張り出された。そのままブラウスを脱がせ、背中のブラのホックも外してから、保一は彼女をベッドに仰向けにさせた。

「ああっ……！　お願い。先にシャワーを……」

悦子先生は、絶望的に声を震わせ、ゆるんだブラを両手で押さえた。

白いシーツに長い黒髪が広がり、鮮やかなコントラストが映えた。

着痩せするタイプなのか、案外白い肌は丸みを帯び、それでも肩は逞しく、見えているおなかも腹筋が浮かんでいた。ブラウスを脱いだため、今まで服の内に籠もっていた熱気が、生ぬるいフェロモンとともに立ち昇ってきた。

「ダメです。じっとしていて……」

保一はフェロモンに興奮して上からのしかかり、悦子先生の両手を外して、ゆるんだブラも取り去ってしまった。

屈み込むと、二つの膨らみは上向き加減で形よく、程よい大きさで息づいていた。

乳首は祐美と同じぐらい初々しい色合いで、乳輪も淡い光沢を持っていた。

二十八歳ならば処女ということもないだろうが、この恥じらいや抵抗は祐美以上かもしれなかった。

もし彼女が気軽に身体を開いてきたら、保一も興ざめだったろうが、悦子先生は可哀想なほど心を乱し、内部の葛藤と戦っているように肌を震わせていた。

おそらく男性体験は少なく、きっと先生らしく真面目な付き合いだったのだろう。セックスに慣れた感じは全く見受けられなかった。

保一は、片方の乳首をチュッと含み、もう片方の膨らみにも手のひらを這わせた。

「あう！」

悦子先生が息を呑み、ビクッと柔肌を波打たせた。

同時に、ほのかな肌の匂いが保一の鼻腔をくすぐり、口の中では緊張と羞恥にコリコリと硬くなった乳首が震えていた。

舌で転がすように舐め回し、唇に挟んで吸いつき、もう片方にも吸いついていった。

「ああ……、ダメ……」

悦子先生は、少しもじっとしていられないようにクネクネと身悶え、甘ったるい汗の匂いを悩ましく揺らめかせた。

美人教師のオッパイは張りと弾力に満ち、いくら顔を押しつけていても飽きないほど、何とも心地好かった。

さらに保一は両の乳首を舐め尽くしてから、彼女の腕を差し上げて腋の下にも顔を埋め込んでいった。さっき勝負して、シャワーも浴びずそのまま帰宅したため、腋の窪みはジットリと汗ばんで、濃厚な甘ったるい匂いが籠もっていた。

「アッ……!」

思いがけない部分を舐められ、悦子先生は声を洩らして反応し、腕枕するようにギュッときつく保一の顔を抱え込んできた。

保一は、憧れの先生の匂いを胸いっぱいに嗅ぎながら、敏感な部分にペロペロ舌を這わせた。全体はスベスベの舌触りだが、部分的に微かな剃り跡の感じられるところもあり、祐美との違いに、いかにも大人の女性を相手にしているという実感が得られてゾクゾクと興奮した。

そして保一は、充分に悦子先生の体臭を味わってから、そろそろと這い上がり、白い首筋を舐め上げて唇を求めていった。

「ウ……」

しかし悦子先生は首を振って逃れようとした。

それを、乳首に指を這わせながら懸命に追い、とうとう保一はピッタリと唇を重ねてしまった。

「ク……!」

悦子先生は眉をひそめて呻き、奥歯を嚙み締めて懸命に唇を閉ざしていた。

保一も必死に舌を伸ばして彼女の唇を舐め、間から潜り込ませようとした。

そして乳首から指を離し、スカートの中に手を差し入れて、パンストの上から股間を探ると、

「ああッ……！」

ようやく悦子先生の口から喘ぎ声が洩れ、前歯を開かせることができた。

再び閉じられる前にすかさずヌルッと舌を差し入れ、保一は美人先生の滑らかな歯並びや、甘く濡れた柔らかな舌を舐め回すことができた。

しかも悦子先生の口の中は湿り気があり、何とも甘く上品な匂いが満ちていた。甘酸っぱい果実臭だった祐美とは違う匂いで、また保一は大人のフェロモンに激しく股間を疼かせた。

悦子先生は、もちろん保一の舌に噛みつくようなことはせず、舌も避難したまま奥でじっとしていた。だから逆に保一は、彼女の口の中を隅々まで舐め回し、味わうことができた。

彼女の唾液は生温かくトロリとして、激しい試合の後だけに適度な粘り気もあって美味しかった。

保一は執拗に口を密着させ、長く長くディープキスを続けているうち、ようやく悦子先生の舌もチロリと蠢き、やがて次第にクチュクチュとからみ合わせてく

れるようになってきた。

奥に引っ込めていることに疲れたのだろうが、やはり乳首や股間をいじられて、さすがに感じてきたのだろう。案外、剣道の達人で負けん気が強いだけに、自分に勝った相手には屈伏してしまうような部分があるのかもしれない。

保一は、充分に悦子先生の舌を舐め、唾液と吐息を味わい尽くしてから、ようやく唇を離した。そしてグッタリと身を投げ出している彼女の身体を移動し、下半身に顔を寄せていった。

第二章　恥ずかしいポーズ

1

「ま、待って。そこだけは、お願い……」

スカートをめくり上げようとすると、悦子先生が再び保一の手をきつく握ってきた。

いつもは自信に満ちていてで隙がなく、颯爽（さっそう）と授業をする先生の、こんなに心細げな表情を見るのは初めてだった。

しかし、少し可哀想には思うが止める気はなく、むしろ保一は興奮が増してきた。

「ダメです先生。手を離して力を抜いて」

「そ、それなら、カーテンを閉めて……」

言われて、保一は寝室のカーテンをレースの方だけ引いた。西日が射しているが、二重に閉めたら彼女のワレメがよく観察できない。

「い、イヤよ。ちゃんと閉めて……」

「だって、初めてだからよく見ておきたいんです」

保一は、初体験であることを強調して言った。

そして黒いタイトスカートのホックを外し、腰を浮かせてスッポリと引き脱がせてしまった。

下はベージュのパンストと、奥に白いショーツが透けて見えていた。

さらにパンストに指をかけて引き下ろしていくと、みるみる薄皮をはがすように、白いスベスベの脚が露出していった。

さすがに長身だけあり、普段のタイトスカートや稽古着の袴(はかま)の上からは想像できない、スラリとした長さだ。

「ああ……」

悦子先生は両手で顔を覆い、最後の一枚を脱がされることを何より恐れるように、ゴロリと横向きになって身体を丸めてしまった。

その間に、保一もワイシャツとズボンを脱ぎ、靴下とパンツを取り去って一足先に全裸になってしまった。

悦子先生の匂いの染みついたベッドに上り、容赦なく彼女のショーツに指をかけた。

横向きのため、先にお尻の丸みを通過させてから、強引に仰向けにさせて引き脱がせていった。

最後の一枚が両足首から引き抜かれると、悦子先生はまた顔を隠しながら横向きになってしまった。丸い肩が嗚咽に震え、顔を覆った指の間からも哀しげな吐息が断続的に洩れていた。

保一は、脱がせたての温かいショーツを裏返しに開いてみた。

特に目立ったシミはないが、クイコミの縦ジワは認められた。鼻を押し当てて嗅ぐと、ほんのりと甘ったるい汗の匂いが、しみついた熱気と湿り気とともに感じられ、鼻腔を刺激してきた。

さらにパンストも手に取り、やや脂じみて黒ずんだ爪先部分に鼻を当ててみた。

ここもうっすらと、酸性の匂いが感じられ、保一のペニスに響いてきた。

やがて保一は生身に向かい、美人教師のスベスベの太腿に口づけした。

「……！」

悦子先生は、声にならず息を呑み、ビクッと肌を強ばらせた。

保一は、そのまま舐めながら移動し、横向きになっている彼女のお尻の方から顔を寄せていった。

やはり祐美よりも大きな、ボリューム満点の双丘が目の前いっぱいに迫った。指を当ててムッチリと谷間を広げてみると、奥でピンクのツボミがキュッと閉じられていた。

鼻を押し当てると、ちょうどワレメにフィットし、ひんやりした丸いお尻が顔に当たって心地よかった。谷間全体にも淡い汗の匂いが感じられたが、やはりツボミそのものには生々しい匂いがなく物足りなかった。

細かな襞は形よく、その中心にチョンと舌先で触れると、

「ヒッ……！」

悦子先生が息を詰め、キュッとお尻を引き締めてきた。

それを指で強引に広げ、なおもペロペロと舌を這わせて襞の震えを感じ取った。

「ダメ……！」

悦子先生は激しく抵抗し、今度はお尻を庇うように仰向けになってきた。

保一はすかさず、彼女の片方の脚を潜り抜けて、完全に悦子先生の股間に顔を割り込ませてしまった。

そして、もう寝返りを打てないように、下から両手を回してシッカリと彼女の腰を抱え込んだ。

目の前に、憧れの美人教師の神秘の部分があった。

保一はまだ舐めず、近々と顔を寄せたまましばらく観察した。

色白の肌をバックに、黒々とした恥毛が程よい範囲に繁っていた。この部分を、一体どれほど多くの男子生徒が見たがっていることだろう。

真下のワレメを見ると、やはり祐美よりは発達した陰唇がはみ出し、下の方に何か白っぽいものが見えた。指で陰唇を広げて見ると、それは、今にも溢れそうに溜まっている愛液だった。

祐美の蜜は透明だったが、大人になると白っぽい色がつくのだろうか。それとも個人差があるものなのだろうか。とにかくザーメンに似た粘液にまみれた陰唇の内側と、細かな襞に覆われた膣口は何とも色っぽかった。

おそらく乳首を愛撫したときから、いや、それよりも前から悦子先生は生徒との禁断の行為に興奮を覚え、ジワジワと愛液を溢れさせていたのだろう。

包皮の下から覗くクリトリスも祐美より大きく、亀頭をミニチュアにしたような形をしていた。指で開いているだけでも、保一の顔にフェロモンを含んだ熱気と湿り気が吹きつけてくるようだ。

「ねえ先生。説明して。オシッコはどこから出るの？」

「い、いやッ……、そんなに見ないで……」

悦子先生はまだ両手で顔を隠したまま、激しい羞恥に身を震わせ、消え入りそうな声で答えた。

あとは、何を言っても答えてくれないので、保一も彼女の中心に顔を埋め込んだ。

「いい匂い……」

柔らかな恥毛の丘に鼻をこすりつけて言うと、

「ああッ！　黙って……！」

悦子先生がギュッと内腿で締めつけながら言った。

保一も黙り、興奮に夢中になって恥毛の隅々に染みついた匂いを吸収した。

甘ったるい汗の匂いと、ほんのり刺激的な残尿のミックス臭に酔い痴れながら、そろそろと舌を伸ばしてワレメ内部に差し入れていった。

大量に溢れてくる愛液はネットリと心地好く舌をヌメらせ、柔肉も優しい感触で舌先を迎えてくれた。

ヌメリを舐め取りながらクリトリスを探っていくと、

「あん……！」

悦子先生が声を上げ、保一の顔を挟んだままビクンと腰を跳ね上げた。

やはり祐美と同じく、クリトリスが最も感じる部分なのだろう。

保一は、舌先をクリトリスに集中させ、たまに溜まった愛液をすすりながら、長く悦子先生のワレメを貪った。

「ああ……、も、もうやめて……」

悦子先生は、しきりに腰をクネらせながら口走ったが、もう声にも力が入らず、さっきまでの激しい抵抗とは違って、声も動きも悩ましげに変化してきていた。

「ここが一番感じるの？」

保一は、舌先でクリトリスをペロペロしながら言った。

「や、やめて……！」

「気持ちいいんだね？　ほら、こんなにいっぱい濡れてるから」

保一は、クリトリスを舐め回しながら、膣口に指を押し込んで出し入れさせた。動きに合わせて、ピチャクチャと淫らな音が響いてくる。

「アアッ……！」

悦子先生もそれを聞いて、激しく喘いで身悶えはじめた。

保一もクリトリスに吸いつき、指で膣内の天井を圧迫するようにいじりながら、目を上げてのけぞる彼女の色っぽい表情を観察した。

そして指を抜き、彼女の両足を浮かせて、再びお尻の穴にも舌を這いまわらせた。

「ここも気持ちいい？」

「い、いやッ！　そこはダメ……」

悦子先生が声を震わせて、浮かせた脚をガクガクさせるが、今度は保一も執拗に美女の肛門を舐め回し、充分に唾液に濡れたツボミに舌先を押し込んだ。

「あう！」

悦子先生は呼吸まで詰まったかのように息を呑み、肛門で保一の舌をキュッと締めつけてきた。

保一は内部の、ヌルッとした粘膜を心ゆくまで味わってから、やがて舌を離して脚を下ろし、再びワレメを舐め上げながら、身を起こして前進していった。

2

熱くヌルヌルと熟れた膣口に、保一は張り詰めた亀頭を押し当て、幹に指を添えてヌメリをまつわりつかせるようにワレメにこすりつけた。

悦子先生も、挿入されることを察したようだが抵抗はせず、もうすっかり諦めたように身を投げ出していた。

やがて保一は息を詰め、位置を定めてゆっくりと亀頭を押し込んでいった。

光沢を放つほどピンピンに膨張した亀頭が、充分に濡れた膣口を丸く押し広げながら、ヌルッと潜り込んでいく。

「くっ……！」

悦子先生が唇を引き締めて呻き、わずかに肌を波打たせて反応した。

亀頭が潜り込むと、あとはヌルヌルッと滑らかに呑み込まれていき、たちまち股間同士がピッタリと密着した。

「ああ……」

保一が身を重ねると、悦子先生が声を洩らして、下からきつく両手を回してきた。

一つになったことで、わずかに残っていたためらいも消え去り、快感に押し流されるように反射的にしがみついてきたのだろう。

彼も、深々と潜り込んだペニス全体がキュッと締めつけられ、その温もりと感触に今にも果てそうになるのを必死に堪えていた。

祐美に匹敵するぐらいの狭さと締まりのよさだ。

しかも動かなくても、膣内のヒダヒダが悩ましく蠢き、保一自身を奥へ奥へと吸い込んでいくような収縮を繰り返していた。

胸の下では張りのあるオッパイが息づき、保一のすぐ鼻先には、半開きになってかぐわしい息を吐き出す口があった。

保一は伸び上がって唇を重ね、美人教師の甘い吐息を胸いっぱいに吸い込みながら舌をからめ、屈み込んでは両の乳首に吸いついて肌の匂いを吸収した。

「お、お願い……」

やがて悦子先生が、下からズンズンと股間を突き上げてきた。そのたびに恥骨のコリコリと、恥毛のシャリシャリ感が伝わってきた。

「気持ちいいの?」

「ええ、いいわ……」

「どうしてほしいの?」

「腰を動かして。突くのよ、奥まで……」

ようやく自身の快感に正直になった彼女が言い、保一も次第にズンズンとリズミカルに腰を突き動かしはじめた。

柔肉が摩擦され、愛液が押し出されてクチュクチュと音を立て、揺れてぶつかる陰嚢までが愛液でベットリと濡れた。

しかし自分で動くとなると、確かに快感はあるがぎこちなかった。まだ挿入の角度に馴れていないのだろうか。突き動かすうち何度か抜けそうになってしまった。

「待って……」

悦子先生も気づいたように言い、動きを止めさせた。

「いい？　私が上になっても……」

彼女は言いながら身を起こし、保一もいったんヌルッと引き抜いて、上下入れ替わって仰向けになった。

悦子先生が保一の股間を跨ぎ、幹に指を添えてゆっくりと座り込んできた。

再び、屹立した肉棒がヌルヌルッと潜り込み、今度はさっきより深くまで入った気がした。

「アア……、いいわ、奥まで当たる……」

完全に座り込んだ悦子先生がうっとりと言い、保一の胸に両手を突いてズンズンと股間を動かしてきた。

保一も、この体位に激しく高まった。もともと受け身の方が好きで、こんなふうに先生に手ほどきされるのが夢だったのだ。それに下から見上げる方が眺めがいいし、自分はじっとしていても相手の方から動いてくれる。

溢れた愛液が陰嚢を濡らし、保一の内腿にまで生温かく流れてきた。

やがて悦子先生が上体を倒して身を重ね、肌全体をこすりつけてきてくれた。

保一は、悦子先生の温もりと体重を受けながら再び両の乳首に吸い付いたり、唇を求めたりした。

「ね、先生。ポチって呼んでみて」

思わず保一は言ってみた。男に言われると腹が立つが、女性に言われるのは何故か好きだった。

「ダ、ダメよ。そんな犬みたいな呼び方……」

悦子先生は、腰の動きを続けながら答えた。

「でもお願い、先生に言ってほしいんだ」

「ああ……、いい気持ちよ。ポチ……」

悦子先生は小さく言うと、急に興奮が高まったように動きを激しくさせてきた。

ベットリ濡れた膣内がペニス全体を心地好くこすり、保一は急激に高まってきた。

「アアッ！　い、いっちゃう……」

すると、先に悦子先生が声を上ずらせてガクガクと全身を痙攣させた。

そして狂おしく律動を繰り返し、膣内をキュッキュッと艶めかしく収縮させてきた。

もうひとたまりもない。

保一も続いて絶頂の快感に貫かれ、下からも股間を突き上げてヌルヌルとピストン運動を繰り返しながら、激しい勢いで射精した。

「ああっ、気持ちいい……！」

保一は思わず口走った。

祐美の口に発射したときも気持ちよかったが、今は女体と一体になっているのだ。しかも悦子先生も絶頂に達し、その大きな快感をほぼ同時に得ることができた。

悦子先生が声もなく小刻みな痙攣と、膣内の収縮を繰り返し、保一も最後の一滴まで、最高の気分で絞り出した。

やがて、悦子先生は力尽きたようにグッタリとなって保一に体重を預け、彼も動きを止めた。

全身に悦子先生の温もりと、汗ばんで吸いつくような肌の感触を受け止め、保一は彼女の甘い吐息を感じながらうっとりと快感の余韻に浸り込んだ。

深々と入ったままのペニスは、時たま思い出したようにキュッと締めつけられ、ダメ押しの快感が得られた。

「自分でも、信じられないわ……」

保一の耳元で、悦子先生が熱い吐息とともに囁く。

「生徒と、こんなふうになるなんて……」

その響きは、セックスへの後悔というよりも、絶頂に達してしまった自分自身への驚きが含まれているようだった。

3

「ね、まだ何でも言うことをきいてくれるよね？」

保一は、全裸のまま二人でバスルームに入って、悦子先生にせがむように言った。

「何をしたいの……」

悦子先生が優しく聞き返してくる。不安やためらいよりも、ここまできたら度胸を据えてしまい、何でも叶(かな)えてくれそうな雰囲気があった。

「顔、踏んでみて……」

保一は、恥ずかしい願望を口にした。そしてムクムクと回復しながら、狭い洗い場に仰向けになってしまった。

祐美の足を舐めたときも、その味と匂いにゾクゾクと興奮し、やはりどうしても洗う前の、悦子先生の汗と脂に湿った足を味わってみたかったのだ。しかも勝手に舐めるのではなく、長身の彼女を真下から眺めて、悦子先生自身の意志で、顔に足裏をのせてもらいたかったのである。

「どうして。生徒の顔を踏めるわけないでしょう……」

エロチックな要求かと思っていたらしい悦子先生は、拍子抜けしたのか、少し驚いたように言った。

「でも、して……」

保一は執拗にせがみ、自分の傍らにスックと立つ悦子先生を見上げた。

「こう……？」

彼女も、そろそろと保一の顔を跨ぎ、壁に手を突いて片方の足を上げた。そして力を抜いてそっと、足の裏を彼の顔にのせた。

バスタブにお湯は溜めているが、まだシャワーの湯は出していないからタイルの床も濡れておらず、彼女の足の裏は乾いていた。

わずかな湿り気は、悦子先生自身の汗と脂だろう。

道場では素足で試合をしたし、それ以外のときはパンストに覆われてムレムレになっていた足だ。

足の裏に舌を這わせたが味は薄く、それでも指の股に鼻を割り込ませるように押し付けて嗅ぐと、ほんのりした匂いがあった。それは、さっき嗅いだパンストの爪先のものに似た酸性の匂いだった。

指の間にも舌を這わせると、

「あん……！」

悦子先生が声を洩らし、ビクッと足を上げようとした。

それを両手で押さえつけ、順々に指をしゃぶり、指の股に舌を割り込ませていった。

祐美に似た、うっすらとしょっぱい味覚が感じられた。

しかし祐美と違うのは、自分が仰向けになり、悦子先生に踏んでもらっているという状況だった。これだと、美しい先生に、無理矢理足を舐めさせられている、という錯覚に陥って興奮することができた。

「ダメよ、もういいでしょう。汚いわ……」

「もう片方も……」

とうとう悦子先生が足を下ろしてしまったので、保一は必死にもう片方の足をせがみ、同じように舌を這わせながら匂いを嗅いだ。

「さあ、身体が冷えるわ。早くお湯に浸かりましょう」

悦子先生が、くすぐったそうに脚を震わせながら言った。

「ね、あと一つだけ言うことをきいて」

ようやく足を離しながら、保一は言った。

「なあに……」

「しゃがんで」

保一は、顔を跨いでいる悦子先生の手を引っ張り、そのまましゃがみ込んでもらった。

脚が保一の目の前でM字型に開かれ、真ん中のワレメが新たな愛液を垂らして鼻先に迫った。

「ど、どうするの……？」

悦子先生は、生徒の顔の上に和式トイレスタイルでしゃがんでいるだけで、フラフラと頼りなく声を震わせた。

「このままオシッコしてみて」

「何を言うの。できないわ、そんなこと絶対に……」

悦子先生は、顔を踏むとき以上に驚いた声を出した。

「だって、女の人がどんなふうに出すのか、近くで見ていたいんだ」

「そこだと顔にかかるわ。どうしても見たいのなら、トイレで見せてあげるから……」

それは、悦子先生の精一杯の譲歩だったのだろう。

「ダメ、このましして」

「そんなこと言うの、変態よ。宗方君、変態なの？」

「うん。僕、先生の全てを知りたいから、何て思われてもいい。好きだから」

「だって、出ないわ。すぐには……」

急に、彼女の声が和らいできた。尿意が高まり、少しずつ出す気になってきたのか、あるいは彼女もアブノーマルな行為に惹かれてきたのかもしれない。

「いいよ。待っているから」

「でも……」

悦子先生は迷いながらも、何度か試すように下腹に力を入れて息を詰めた。

見ていると、陰唇の間からピンクのヌメヌメするお肉が迫り出すように蠢いていた。

その柔肉の中心にある、ポツンとした尿道口を保一は見つめた。

「ほ、本当にいいの……？　こんなこと、本当にしてほしいの……？」

「うん、して」

すっかり悦子先生が出す気になったのを知り、保一もドキドキと激しく胸を高鳴らせて待った。

間もなく、彼女の柔肉の中心からチョロッと水流がほとばしった。

「あん……！」

悦子先生は、いったん尿道口をゆるめたものの、出してしまってから大変なことをしてしまったと思ったのだろう。声を洩らして、慌てて括約筋を締めつけた。

しかし、放たれた流れは容易には止まらず、逆にチョロチョロと勢いを増して、ゆるやかな放物線を描いて保一の顔を直撃した。

保一は、目に入るのを懸命に避けるのが精一杯で、放尿の様子を観察する余裕が無くなってしまった。

それでも顔にかかる悦子先生の温もりと、頬から首、胸にまで温かく伝い流れるオシッコの香りが心地好く、さらに舌にも受け止めてみた。

温もりと香りが口いっぱいに広がり、それほどの抵抗もなくスンナリ飲み込めることが嬉しかった。

味は淡く、ぬるま湯に近い。顔にかかると熱い感じだが、舌の上ではかなり冷めた感覚だった。味よりも匂いの方が顕著で、保一は夢中で喉を鳴らし、それこそ犬のように舌を這わせ続けた。

「ダメ、飲んじゃ……」

悦子先生は声を震わせながらも放尿を続け、ようやく流れが弱まってきた。

そして収まる頃には、とてもしゃがみ込んでいられず、保一の顔の左右に両膝を突いて懸命に腰を浮かせて、座り込みそうになる腰を必死で支えていた。

流れが止まると、保一は彼女の腰を抱え込み、ビショビショのワレメに舌を這わせて余りのシズクをすすった。

「ああ……、ダメ……」

悦子先生は、うわ言のように頼りなく声を震わせ、ワレメ内部のお肉をヒクヒクと蠢かせた。

舐めているうち、すぐにオシッコの味と匂いは消え去り、ヌルヌルと新たな愛液の味と感触だけになってきた。透明な愛液は、すぐにも白っぽく濁った粘つくものに変化し、保一は執拗に舐め回した。

「ま、また……、いきそう……」

悦子先生が声を上ずらせ、次第に保一の顔に座り込んで体重をかけ、グイグイとワレメをこすりつけはじめた。

「う……」

保一は、もう激しい圧迫に舐める余裕はなくなり、ただ息を詰めて顔じゅうにこすりつけられるヌルヌルする柔肉の感触を受け止めるだけだった。

「アアーッ……、い、いく……！」

悦子先生はバスタブにしがみついて、保一の口といわず鼻といわず、顔全体にワレメを押しつけて動かし、大量の愛液を漏らしながらヒクヒクと痙攣した。

そして保一が窒息しそうになる寸前にようやく股間を離してくれ、そのまま移動して上から彼に重なってきた。

そのまま熱く甘い息を弾ませながら、ヌルヌルになった彼の顔中を舐め回してくれた。

保一は、美人先生の舌の感触と甘い息に酔い痴れながら、すっかりピンピンに勃起してしまった。

「どうして、あんなもの飲むの。汚いのに……」

悦子先生は囁きながら、何度も保一の唇にキスし、自分のオシッコと愛液に濡れた顔中に念入りに舌を這わせた。

「先生の身体から出るものだから汚くないよ。ね、先生のツバも飲んでみたい……」

「オシッコよりいいでしょう?」

言うと、悦子先生も少しだけ口に唾液を溜めてから、口移しにクチュッと注ぎ込んでくれた。

それは生温かく、トロリとしてほんのり甘かった。飲み込むと、甘美な興奮と悦びが全身に広がっていくようだった。

「もっと、いっぱい出して……」

なおもせがむと、悦子先生はさらに大量に分泌させてくれ、保一は唾液に濡れた彼女の口に顔中をこすりつけてみた。

悦子先生も、後から後から彼の顔中に垂らしてくれ、さらにそれを広範囲に塗りつけるように舌を這わせてくれた。顔じゅう、美しい先生の唾液でヌルヌルに清められ、保一は甘酸っぱい匂いに陶然となった。

「ね、私にも、飲ませて……」

やがて悦子先生が言い、保一の上から離れた。

「起きて……」

言われるまま、保一は身を起こしてバスタブのふちに腰を下ろすと、彼女は座ったまま正面から、彼の両膝の間に顔を迫らせてきた。

悦子先生は、鼻先でペニスを押し上げるように顔をくっつけて、陰嚢に舌を這わせ、二つの睾丸をしゃぶってから、幹の裏側をゆっくり舐め上げてきた。

滑らかな舌先が、尿道口の裏側から先端にかけてヌルッと通過したときは、まるで電撃でも走ったような快感に、

「ああッ……！」

思わず保一の口から声が洩れてしまった。

悦子先生は、張り詰めた亀頭をまんべんなく舐め回してから、やがて口を丸く開いてスッポリと呑み込んできた。

喉の奥まで含み、歯を当てないように口の中をモゴモゴと蠢かせた。

彼女の口の中は温かく、たちまち保一の快感の中心は美人先生の清らかな唾液にどっぷりと浸った。

内部ではクチュクチュと舌が這いまわり、悦子先生は上気した頬をすぼめてチュッチュッと激しく吸引してきた。その間も、細くしなやかな指が幹の付け根や陰嚢を愛撫し続けていた。

「先生、いきそう……」

保一は、急激に高まって口走った。

「ね、顔にかけて……」

悦子先生が口を離して言い、両の手のひらで幹をキリ揉みするように動かしながら、伸ばした舌を先端に押しつけてきた。

保一は、彼女の熱い息に股間を刺激されながら、あっという間に宙に舞うような快感に全身を貫かれてしまった。

「ク……！」

保一は短く呻き、突き上がる快感を身体中で受け止めた。

同時に、熱いザーメンが勢いよくピュッと悦子先生の口の中に飛び込んだ。

「ああ……」

彼女はそれを味わいながら、余りを顔で受けた。

そして幹をしごき、なおも噴出を続けている先端に顔をこすりつけてきた。

ドクドクと溢れるザーメンは、悦子先生の美しい鼻筋や瞼をヌメらせ、涙のように頬の丸みを伝いながれ、黒髪にも点々と飛び散った。もちろん滴るものは舌に受け、彼女の形よく上品な口のまわりもヌルヌルになってしまった。

悦子先生はぺたりと座り込みながら、淫らに舌なめずりして保一の尿道口を貪り、亀頭にしゃぶりついては余りを吸い取った。

保一は最後の一滴まで心地好く脈打たせ、ようやく激情が過ぎ去って力を抜いた。

「ねえ、オシッコもちょうだい……」

悦子先生が、保一の内腿に顔をもたれかけさせて、意外なことを言ってきた。

「い、いいの？　先生も変態になっちゃうよ」

「いいの。お願い……」

悦子先生が、なおも亀頭にしゃぶりつきながら答えた。

保一は下腹に力を入れ、懸命に尿意を高めて括約筋をゆるめようと努めた。ややもすればアブノーマルな興奮に、三たびムクムクと回復しそうになるのを必死に抑え、ようやくチョロチョロとオシッコを出すことができた。

悦子先生は、その流れをザーメンにまみれた顔に受け、熱い息を弾ませながら舌にも受け止め、少しだけ飲み込んだ。

保一は、この知的で上品な美人先生の、心の奥に秘められている、どんな要求もきいてくれる熱い欲望と好奇心を目の当たりにして身体の芯が震えるほどの感動と感激を覚えた。

4

「じゃ、これが大学の住所と研究室の場所よ」

終業式の日、悦子先生が廊下で保一にメモを渡してきた。

校内で会うと、悦子先生はいつもの颯爽とした隙のない雰囲気を崩さなかった。それでも、時として熱っぽい眼差しが保一に向けられるので、充分に彼女も意識しているのだろう。保一は、こんな綺麗な先生と淫らでドキドキする秘密が共有できたことを嬉しく思った。

「東京に、泊まるところはあるの？」

「ええ。世田谷に叔父叔母がいるので、ちょうど冬休みに遊びにいくつもりでした」

「そう。従姉によろしく。彼女は、橘真樹子(たちばなまきこ)」

橘女史は独身らしいが、姓が違うのは、悦子先生の母親が、例の剣道場をやっている伯父の妹だかららしい。

やがて終業式を終えると、保一は下校する前に旧館の美術室に寄った。

あまり活発に活動もしなかったし、保一はもっぱら自宅でマンガを描いているのが好きなのだが、それでも私物が置きっぱなしなので、いったん持ち帰ろうと思ったのだ。

するとと祐美がついてきた。

明日から冬休みで、しばらく会えないから少しでも一緒にいたいのだろう。

「ね、クリスマスとか、どうしてるの？」

「うん、分からないんだ。明日から東京の親戚の家に行くことになってるけど、どれぐらい滞在してるか決めてないから」

「そう……」

「でも、休みのうちには帰ってくるから会えると思うよ。そうしたら連絡する」

「うん」

祐美は素直に頷いた。

そして保一は美術室に置いておいたマンガの資料本などをカバンに入れ、すぐに祐美と一緒に旧館を出た。

そのまま裏門から出ようとすると、そこでばったりクラスの不良、木村と会ってしまった。他にも二人の不良上級生がいて、みなすさんだ目つきで保一と祐美を見ていた。

「おうポチ。最近威勢がいいと思ったら、彼女までできたのか」

中学時代からバンを張っていた木村が、粘っこくガンを飛ばして言った。

旧館と裏門の間は人けもなく、教師も滅多に来ないところなので、連中の格好の喫煙場所なのだろう。

「僕をポチと呼ぶな。呼んでいいのは女性だけだ」

「何だと！」

保一の意外な言葉に、木村と他の連中も気色ばんだ。

「グレてる暇があったら一冊でも本を読むんだな。今に取り返しのつかんバカになるぞ」

保一が連中を見回して言うと、

「この野郎！」

木村ではなく、二人の上級生が退路を塞ぎながら、保一につかみかかってきた。

この三人ばかりでなく、祐美も怯えるより前に、保一の言葉に目を丸くしていた。

保一は、祐美を背後に回して庇いながら、胸倉をつかんできた一人の手首をつかんでひねった。

「うわ……!」

上級生の一人が一回転し、受け身も取れず肩から落ちて、すぐには起き上がれず地を転がって呻いた。

同時に保一は、もう一人の上級生の股間を蹴り上げていたのである。

一瞬にして二人が倒れ、残った木村は目を白黒させて状況を把握しようと努めた。

「どうする。帰ってもいいか? それとも向かってくるか」

保一が祐美の手を握って一歩踏み出すと、木村は怪物にでも迫られたようにビクッと後退した。

そのまま保一は祐美を連れて裏門から出ていった。もちろん木村は追ってこず、オロオロしながら二人の上級生を助け起こしていた。

「すごおい! アクション映画みたい」

祐美が、無邪気に歓声を上げた。

「ねえポチ、一体どうしちゃったの……」

彼女はすぐに真剣な眼差しになって、保一の顔を覗き込んできた。

「うん。どうも身体の中で何か変化が起きているみたいなんだ。まあ、それで明日から東京の大学病院で診てもらうことになってるんだけど」

「そうなの。でも、いいことよね？　その力は消さないようにした方がいいわ」

「ああ。僕もそう願ってる。あいつらに仕返しされたくないしね」

「ね、うちに寄っていく？」

祐美が、また誘ってきた。今日も、彼女の両親は夜まで帰らないのだろう。

「うん、しばらく会えないからね、じゃちょっとだけ」

保一も答え、まっすぐに祐美の家へと向かっていった。

5

「ねえ……、胸がドキドキしているわ……」

部屋に入ると、祐美がすぐに保一に身体をくっつけてきた。

保一も並んでベッドに座り、肩を抱き寄せて祐美の唇を求めた。

ピッタリと唇を重ねると、懐かしく甘酸っぱい美少女の息の匂いが保一の鼻腔を満たしてきた。

舌を差し入れ、まだ乳歯のような小粒の歯並びを左右にたどり、充分に唇の内側から歯茎まで舐め回してから、奥へと潜り込ませていった。

祐美は目を閉じ、されるままじっとしていた。

悦子先生のように熟れた女性を相手にし、奥に熱く息づいている欲望を引っ張り出すのもよかったが、こうして自分の手で無垢な少女を開発していくのもまた格別だった。

甘く濡れた舌を舐め回しているうち、祐美は次第に力が抜けて、うっとりとこちらに寄りかかってきた。

しかし保一は、美少女の唾液と吐息を心ゆくまで味わってから、唇を離すとすぐに彼女の肩をつかんで一緒に立ち上がった。

「なに、どうするの……？」

祐美は、眠りから覚まされたようにとろんとした眼差しで言った。

保一はカーペットの床に仰向けになり、下からセーラー服姿の美少女を見上げた。

「ね、顔を踏んでみて……」

保一は、自分で口にした恥ずかしい要求にムクムクと痛いほど勃起した。悦子先生のときもそうだったが、どうしても自分にはアブノーマルな欲求があり、それを満たしたくて仕方がないのだと自覚していた。

「踏むの？　大丈夫？」

さすがに、この好奇心旺盛な活発少女は、悦子先生ほどためらわず、すぐにそろそろと片方の足を浮かせてきた。

そして白いソックスの足裏を、そっと保一の額に乗せてくれた。

「もっと強く？　こういうのが嬉しいの？」

祐美は息を詰め、きつく体重をかけないように注意深くのせながら、少しだけ動かしてきた。

保一も、自分から移動して足裏に鼻を押し当てた。

一日中、革靴や上履きの中でムレムレになっていた少女の足だ。わずかに黒ずんだ足の裏は湿り気を帯び、爪先は少し匂いが感じられた。

保一はもう片方も求め、祐美も壁に手を突いて身体を支えながら素直に従ってくれた。

そして顔を跨がせ、真下から女子高生を見上げた。

「ねえ、パンツを下ろしてオシッコするみたいにしゃがんで」

保一が言うと、

「あん、恥ずかしいな……」

祐美は呟きながらも濃紺のスカートをめくって手を差し入れ、すぐに白い下着を膝まで下ろしてきた。どうせ今日もセックスするつもりだったし、黙々とベッドでもつれ合うよりも、こうした無邪気な遊戯の方が、祐美の好奇心を刺激するのかもしれない。

しゃがみ込むと、美少女の白い太腿とお尻が、遥か頭上から鼻先にまで急激にズームアップしてきた。

ワレメも、通常に仰向けになっているのを見るのとは趣が違い、太腿の間からはみ出すように丸くプックリと膨らんでいた。縦線からはピンクの花びらがはみ出し、早くも羞恥と快感の期待にヌラヌラと潤いはじめているのが分かった。

伸び上がって若草に鼻を埋めて嗅ぐと、これも懐かしい甘ったるい汗の匂いがした。

舌を伸ばし、ワレメに添ってそっと舐めて離すと、ワレメと舌先を粘液が細く糸を引く。

さらにワレメ内部に舌を潜り込ませ、処女を失って間もない膣口をクチュクチュ掻き回してから、可愛いクリトリスまで舐め上げていった。

「あぁッ……！」

祐美が、ビクッと滑らかな内腿を震わせて声を洩らした。

ワレメの表面は淡い汗の味がし、内部はヌラヌラとほんのりしょっぱく、酸味も含まれた愛液の味が感じられた。

「ダメ、座っちゃいそう……」

やがてしゃがみ込んでいられなくなったのか、祐美は保一の顔の左右に膝を突いた。

スカートがふわりと彼の視界を覆い、薄暗い中に生温い熱気が籠もった。

それでも祐美が辛うじて股間を浮かせているので、保一は容易に移動し、今度はお尻の谷間に鼻を押し当てていった。

可憐なピンクのツボミは、今日はほんのわずかだが生々しく秘めやかな刺激臭が感じられた。おそらく、校内で用を足したのだろう。

保一は、初めて感じた匂いに激しく興奮した。

こんな美少女でも、ちゃんと大きい方の用を足すのだ。そんな当たり前のことすら大発見に思え、さして自分のと違わない匂いでも、女の子のものだと思うと何とも言えない芳香に思えた。

舌を這わせると、

「あん、そこは……」

祐美が拒もうとしたが、保一は下からシッカリと彼女の腰を抱え込んで舐め続けた。

細かな襞の震えと収縮が舌先に伝わり、やがて唾液で滑らかになった中心部に保一は舌をヌルッと押し込んでみた。

内部は甘苦いような微妙な味覚があり、保一が執拗に舐め回すと、ワレメに密着している鼻が溢れる愛液にヌルヌルしてきた。

「も、もうダメ……」

祐美が言い、力尽きたようにゴロリと横たわってしまった。

保一もようやく起き上がって学生服を脱ぎ、祐美のセーラー服も脱がせながらベッドへと押し上げていった。

互いに全裸になり、肌を重ねる。

祐美の可愛らしいオッパイを探り、桜色の乳首を左右交互に含んで吸った。

彼女もうねうねと身悶え、次第に熱い息を弾ませはじめた。

保一が祐美の口にペニスを押しつけると、すぐに口を開いてパクッと含んでくれた。

喉の奥まで呑み込み、渇きを癒すかのようにチュッチュッと激しく吸いつきはじめる。

保一は股間を彼女の顔に押し付けながら、互いの内腿を枕にしたシックスナインの体勢になり、自分も祐美のワレメに再び舌を這わせた。

「ク……ンン……」

クリトリスを舐めるたび、亀頭を含んでいる祐美が呻いて、保一の股間に熱い息を吹きかけてきた。

やがて二人とも充分に高まってくると、保一は彼女の股間から顔を離して仰向けになった。そして祐美の身体を上に押し上げ、ペニスを跨がせた。

「入れても大丈夫?」

「うん……」

祐美は健気に頷き、自分からペニスの先端をワレメに当ててきた。

活発な彼女は、神妙に受け身になっているより、上になって自分で行動する方が好きなようだった。それに自分からした方が、挿入の痛みも加減して調節できると思ったのだろう。

位置を定め、祐美がゆっくりと腰を沈み込ませてきた。

「あん……！」

亀頭がヌルッと潜り込むと、祐美がビクッと顔をのけぞらせて喘いだ。

しかし止めることはせず、祐美はそのままズブズブと貫かれながら完全に保一の股間に座り込んできてしまった。

ピッタリと股間同士が密着し、保一自身も深々と美少女の柔肉の奥に埋まり込んだ。

やはり悦子先生よりきつく狭い感じで、熱く濡れた肉壁がキュッと締めつけてきた。

祐美は、しばらく上体を起こしていたが、やがてゆっくりと身を重ねてきた。

「痛い？」

「ううん、前のときほど痛くないわ……」

祐美が答えると、保一もすっかり興奮が高まり、下からズンズンと股間を突き上げてしまった。

「これは？」

「大丈夫よ……」

祐美は、わずかの間に痛みなど克服したかのように言い、保一の耳元に熱い息を吐きかけながら、彼のリズムに合わせて腰を動かしてきた。

「ね、ツバ飲ませて」

保一はジワジワと高まりながら、また恥ずかしい要求をしてみた。

すると、さすがに祐美は悦子先生ほど抵抗なく、すぐに口に溜めた唾液を、少し上の位置からグジュッと垂らしてきてくれた。

生温かい美少女の唾液を舌に受け、保一は心ゆくまで味わった。粘つきが少なくサラサラして、無数の小泡の舌触りが心地好かった。

「もっと、顔にもかけて」

「いいの？」

「うん、いっぱい……」

言うと、祐美は愛らしい口をすぼめ、保一の顔に向けてそっとペッと吐き出してきた。

保一がうっとりすると、祐美はさらに何度か続けてしてくれた。

鼻筋を粘液がトロリと濡らし、甘酸っぱい匂いとひんやりした感触が顔じゅうに満ちた。

もう我慢できなくなり、祐美への気遣いも忘れ、保一はズンズンと激しく股間を突き上げ、濡れた柔肉の摩擦快感を味わった。

「ああん……！」

祐美が、快感か痛みか分からないが、声を上げて上からしがみついてきた。なおも律動すると、たちまち保一はオルガスムスの大津波に全身を巻き込まれてしまった。

「ああ……」

保一は小さく喘ぎ、ありったけのザーメンを美少女の内部に向けて脈打たせた。

やはり一つになって迎える絶頂は最高だった。保一は、いま初めて、祐美の処女を完全に征服した気になった。

やがて最後の一滴まで出しきり、ようやく保一は動きを止めた。

そして祐美の甘酸っぱい息を吸い込みながら、うっとりと快感の余韻に浸った。

絶頂を過ぎ去ると、急に彼女のことが心配になってきたが、祐美も必死にしがみついて息を弾ませるばかりで、特に痛そうにしていなかったので安心した——。

第三章　妖しい体液採取

1

「まあ、よく来てくれたわ。ゆっくりしていってね」

叔母の貴代子(きよこ)が迎えてくれた。

冬休みの第一日目、保一は世田谷の叔父叔母の家を訪ねたのだった。

叔父は保一の父の弟で、今は都立高校の歴史教師をしている。四十歳で、貴代子とは高校時代の同級生ということだ。子がいないので、こうして休みになると何かと保一が呼ばれ、歓待を受ける習慣になっていた。

しかし春と夏は、保一は美術部の仲間との旅行などがあり、高校生になって訪ねるのは初めてで、実に一年振りだった。

一年前、中三の冬も叔母の貴代子にモヤモヤした感情を抱いたことがあったが、今あらためて見ても貴代子は神々しいほど美しかった。

四十歳とは思えない若々しい肌と顔立ちで、透けるような色白、しかもはちきれそうな巨乳だった。結婚前は数年間小学校教師をしていたが、今は専業主婦。

保一は、叔父よりもこの貴代子に会いたくて毎回訪ねてくるようなものだった。

一家はごく中程度の広さの建て売り住宅で二階建て。一台分の駐車スペースだけで庭はなく、一階にリビングと夫婦の寝室、バス・トイレがあり、二階は叔父の書斎と客間があった。

叔父は日本史研究部の顧問もやっており、冬休みでも毎日学校に行っているようだ。

「今回は、毎日新宿に出かけるんですって?」

「ええ。知り合いの大学講師が、いろいろ手伝ってほしいって」

「そうなの。大変ね。でも毎日この家にいるだけじゃ退屈でしょうから、ちょうどいいかもしれないわね」

保一が、まわりくどい説明は抜きにして言うと、貴代子も深く追及せず客間に案内してくれた。

客間は六畳で、普段使わない季節ものの服を入れる箪笥が一つあるきり、あとは押し入れだけの部屋だった。保一の布団も、もう用意されて片隅に積まれ、彼用のタオルやパジャマも置かれていた。

保一はバッグを置いて上着を脱ぎ、すぐに貴代子と一緒にリビングに下りていった。

貴代子が紅茶を入れてくれる。

ふっくらと柔らかそうに豊満で、貴代子の近くにいるだけで甘く清らかな空気に包まれるような気がした。俯向くと、やや顎が二重にくれるのが、いかにも熟女らしくて色っぽく、スカートから伸びるふくらはぎもボリュームがあった。

美少女の祐美とも、長身で颯爽とした悦子先生とも違う、包み込んでくれそうな優しく美しい叔母だった。

祐美や悦子先生などで女体を知ってから貴代子を見ると、頬も腕も脚も、なんとも美味しそうに思えた。去年までは単なる憧れの天女、もちろん布団の中で叔母の面影を追ってオナニーしてしまったことはあるが、今の保一には、この叔母をどうにかしたい、という目で見えてしまうのだった。

やがて夕方、早めに風呂に入れてもらい、保一は脱衣所で洗濯機の中を見てみた。

去年までは、こうしたことも思い浮かばなかったのだが、今回は真っ先に行動を起こしてしまった。

幸い洗濯機にはまだ水も張られておらず、洗濯前の下着類などが中に入ったままになっていた。

貴美子のものを手早く探りだし、保一はブラやソックスを嗅いでみた。

大きなブラにはうっすらと甘ったるい汗の匂いが感じられ、ソックスの爪先にも脂じみた匂いが染み込んでいた。しかし冬のことで、買い物ぐらいしか出歩かない貴美子の匂いは、物足りないほど淡いものばかりだった。

しかし目当てのショーツを手にしたときは、目がくらむほどの興奮を覚えた。

やはり、ほっそりした悦子先生の下着よりも、ずっと大きめだった。裏返して中心部を観察すると、ほんの微かではあるが、変色らしきものが認められた。

鼻を押し当てると、うっすらとしたチーズ臭に似たフェロモンが感じられた。

(これが、あんなに綺麗なおばさんの匂いなんだ……！)

保一は感激し、鼻を押しつけて何度も何度も嗅いだ。

そして舌を伸ばして舐め、繊維の隅々に染み込んだ成分を吸い取ろうと必死に貪った。

ペニスは激しく屹立し、保一は慌てて服を脱いで、ショーツを手にしたままバスルームに入った。

プラスチックの椅子に座り、なおもショーツのシミを舐めたり嗅いだりしながら、激しく右手でペニスをしごいてしまった。

あっという間に絶頂の快感に貫かれ、保一はタイルの床に射精した。

さらに激情が過ぎ去ってからも、保一はシミの味と匂いが消え去るまで舐め尽くし、ようやくショーツを洗濯機の下の方に戻してから、ゆっくりと風呂に浸かった。

風呂から上がると、ちょうど帰宅した叔父が入れ替わりに入った。

叔父のパジャマを着てリビングで待つ間も、保一はチラチラと貴代子を盗み見ては、あの匂いと照らし合わせて密かに興奮していた。

やがて叔父が風呂から上がってきて、三人で夕食を囲んだ。

「やあ、今回は大学まで行って何を手伝うんだい？」

ビールを飲みながら、叔父が人なつこい笑みを浮かべて聞いてきた。

「はあ、遺伝子のことらしいけど、行ってみないと僕もよく分からないんです。それよりうちの先祖のことをいろいろ聞きたいんですけど」

「いいよ。何でも教えてあげる」

保一の問いに、叔父は得意気に答えた。何しろ歴史が専門だから、保一の父親以上に家系や先祖に関して研究しているようだった。

「寺の過去帳では、いちばん古いところで三浦（みうら）一族というのが分かっている」

「三浦一族」

「そう、戦国武将だ。三浦一党の特徴は、主君と家臣ではなく、全員が一国一城の主という点にある。わが宗方家も、三浦の土地の一部を治めていた」

「そんな昔から、代々いろんな人のことが分かってるんですか?」

「まあ、有名な人だけだね。江戸時代に入ってからは、徳川幕府に仕える武士で、中には竹内流柔術の指南役という人もいた」

「……」

確か悦子先生が言っていた、鎧組み打ちの古い投げ技の流派ということだ。

「幕末になると甲源（こうげん）一刀流という剣術の達者もいたようだが、武術だけではない。明治期になると学者。数学者や歴史家も出てくる。ちなみに僕の曾祖父、つまりひいお祖父さんだが、有名な心理学者だった。学問だけではなく粋人で、多くの芸者に子を産ませたり、変態性欲の研究と実践もしており、湯殿で女中の尿を浴びる趣味があったりと記録に」

「あなた！」

美代子にたしなめられ、叔父は言葉をとぎらせた。

「いや、失礼。まだ保一には早いな、こんな話は」

それで叔父の話は終わり、あとは保一の学校の話など、当たり障りのない話題になってしまった。

（でも、柔術家や剣術家がいて、その中で最も強い人の能力が僕の遺伝子に受け継がれていたとしたら、せいぜい中学チャンピオンの大伴や剣道四段の悦子先生ぐらいには、わけなく勝てるだろう。それに学者がいて、それらの知識が僕の中に受け継がれているとしたら、急に成績がよくなったことも頷ける……まだ、信じられないけど……）

保一は、叔父の話から想像を膨らませた。

しかも明治大正期には、変態の先生もいたようだ。

やがて食事を終え、叔父は明日から部員を引き連れての旅行の準備で早めに寝室に引き上げてしまい、保一も少しだけリビングでテレビを見てから二階の客間に引き上げた。

すると貴代子も一緒に上がってきて、保一が布団に入るまでそばにいてくれた。

「明日から叔父さんは旅行に出るから、しばらく私と保一さんの二人きりよ。帰りが遅くなるときは必ず電話してね」

「はい。わかりました」

寝ながら保一が答えると、貴代子は灯りを消そうとした。

「あ、おばさん……」

「なあに？」

「前によく、寝る前にしてくれたこと、して……」

保一は、小学生の頃に必ず、寝るときに叔母が額にキスしてくれたことを言った。

さすがに中二あたりからはしてくれなくなったし、保一も恥ずかしくて要求できなかったが、今は思いきって言ってしまったのだ。

「ダメよ。もう高一なら大人でしょう」

「だって、僕、おばさんのことがとっても好きだから……」

「おばさんも、保一さんのこと好きよ。じゃ、これ一度きりよ」

ダメモトで言ったのだが、意外にも貴代子は承諾してくれ、すぐに傍らに座り込んできた。

保一は目を閉じて待った。

しかし貴美子の唇は、保一が待っていた額ではなく、いきなり唇にピッタリと押しつけられてきたのだ。

柔らかく、ほんのり濡れた感触と、湿り気を含んだほのかに甘い匂いが感じられた。

「……！」

あっと思って目を開いたときには貴美子は離れ、素早く立ち上がっていた。

そして顔を見られる前にすぐに灯りを消し、

「ごめんなさいね、つい。……忘れて」

小さく言って、そっと襖を閉めた。

保一は、一瞬の口づけの感触を必死に思い出しながら、階段を下りていく貴美子の足音を呆然と聞いていた……。

2

「ああ、聞いてますよ。橘博士の研究室は、B号棟の五階の西の外れです」

正門脇にある受付で保一が訊くと、すぐに係員が目当ての場所を教えてくれた。東亜女子医大というくらいだから、男子禁制かと思って恐る恐る訊ねたのだが、もう話は伝わっているようだった。

翌日の午前十時、保一は一人で新宿にある医大に来ていた。

言われた通り構内を進み、B号棟を見つけて入り、階段で五階まで上がっていった。

しかし四階までならチラホラと白衣の人影を見たのだが、五階に来ると全く人けがなくなっていた。左右のどのドアも閉ざされ、誰も使用していないようにノブには埃が積もっている。廊下のあちこちに、段ボールや器材が放置されていた。なにやら、華やかな学内で取り残されてしまったような一角だった。

それでも器材をよけて廊下を進み、いちばん西の奥まで行ってみた。

すると、奥の廊下の角を曲がってきた人がいた。白衣にお下げ髪を結った、黒ぶちメガネの女性である。

一瞬、少女がいるのかと思ったが、大学にいる以上、学生か大学院生だろう。

「あの、すみません」

「はい……」

小柄な女性は、両手いっぱいに書類を抱えて振り返った。

(く、暗い……)

見るからに、影の薄そうな人だ。

「橘先生の研究室は?」

「こちらです」

彼女が先を行き、保一はついていった。

小柄な保一より少し低い、祐美とほとんど同じ身長だが、肌は青白くて脚も細く、祐美のような活発な印象は微塵も感じられなかった。

やがて彼女は、一番奥の部屋のドアをノックした。すぐ応答があり、彼女はドアを開けて入り、保一を振り返って頷いた。

入るときにドアの脇を見ると、『橘・D研分室』とだけ書かれた札が掛かっていた。

中は案外広かった。手前に、試験管や顕微鏡、ビーカーやシャーレなどの実験器具のあるテーブルが据えられ、薬品棚が並んでいた。その奥には本棚に囲まれた一角があり、古びた大きなデスクがある。さらに、奥の開け放たれたドアからは給湯室が見えていた。

そのデスクの前に座っていた白衣の女性が立ち上がり、こちらに向かってきた。

悦子先生と同じぐらい長身で、美人だ。長い黒髪を無造作に後ろで束ね、化粧っ気もないが切れ長の目が涼しく、しかも悦子先生とは違って巨乳だった。白衣の胸が、今にもはちきれそうなほど膨らんで揺れている。

「お帰り」

彼女は、お下げでメガネの女性に言い、すぐ保一の方に向き直った。

「宗方保一くんね。悦子から詳しくメールで聞いているわ。橘真樹子です」

真樹子が手を延ばし、保一も握った。悦子先生から、真樹子は三十六歳の独身と聞いていたが、ほとんど悦子先生と変わりない風に見えた。そして、何だか、女性と握手するのは初めてのような気がした。

「彼女は私の助手で、大森千佳(おおもりちか)さん。ここは私たち二人だけで、他には誰も来ないから気楽にして。千佳、コーヒーでも入れてあげて」

言うと、メガネの彼女が小さく返事をし、黙って給湯室へ入っていった。

「本来は、私は試験管ベビーを研究していたの。優生学的にすぐれた遺伝子を持つ男子の精液をサンプルとして保管したり、遺伝子研究の全般を行なっていたのだけど、今は見たとおり日陰のように人気のない部署になってしまったわ」

「はあ」

「派閥に入らなかったとか、いろんな理由はあるけれど、気ままな研究ができて今はよかったと思ってるの」

真樹子は、保一を奥の部屋に案内しながら言った。

給湯室の隣は、ソファベッドのある小部屋だった。仮眠室として利用したり、時には研究で遅くなって泊まり込むこともあるのだろう。奇妙なことに、室内にはハンモックまで設置されていた。これはあるいは、助手の千佳の寝床なのかもしれない。

ベッドにもなるソファに座ると、真樹子が正面の椅子に腰を下ろした。

さらに間もなく千佳が紙コップにコーヒーを入れて持ってきた。真樹子は、専用のカップを持っている。

「性心理学者の、宗方鉄太郎の子孫ですって？」

「はあ、昨日知りました」

「アブノーマルな性欲は遺伝する、って理論、私も読んだわ」

「そうですか……」

「ところで、急に古武道が使えるようになったり、成績が上がってきたんですって？」

どうやら、かなり綿密に悦子先生からのメール報告が届いているようだった。

「遺伝子の中に、代々の先祖が培って身につけた技術や知識が受け継がれる可能性、というのは大きいの。動植物は、みなそうして急激な進化を遂げているし、むしろ人間だけが生まれるたびにゼロからやり直さなきゃならないのが現状よ」

「……」

「もし、君が先祖たちの力を自分の中に生かしているのだとしたら、私の理論が正しいことになるの。研究に協力してくれる？」

「ええ。冬休みの間なら」

「ありがとう。じゃ、まず必要事項を知りたいから記入して。その後、千佳の立ち会いでスポーツテストを受けて。データを揃えてから、またあらためて質問させてもらうわ」

「わかりました」

保一は頷き、熱いコーヒーに砂糖とミルクを入れて飲んだ。悦子先生の従姉だし、こんな綺麗な博士と一緒なら、しばらく研究に付き合うのもいいと思った。

「悦子は元気にしてる？　メールが来たのも久しぶりなの」

「ええ、元気です」

「うちは道場をやってるけど、私は初段まで取って、すぐ剣道はやめてしまったわ。悦子は熱心にうちに通ってきてたけど、その悦子に、剣道経験のない君が勝ったのね？」

「はい」

「素晴らしいわ」

真樹子は言い、熱っぽく保一を見つめてから、やがて席を立って自分のデスクに戻っていった。

保一はコーヒーをすすりながら、出された書類に記入していった。住所、名前、生年月日。クラブ活動。得意科目、得意なスポーツ。食べ物の嗜好など、一般的な質問が多かった。

もちろん今は、全ての科目とスポーツが得意なのだが、それでは参考にならないだろうから、つい先日までの、平凡な自分のことを記入しておいた。

やがてコーヒーを飲み干し、記入を終える頃、千佳が入ってきた。

「服を全部脱いで、これに着替えて下さい。用意ができたら呼んで下さい」

言い、人間ドックに使うようなガウンを置いて部屋を出ていった。

(下着も脱ぐのかな……)

保一は迷ったが、全部と言われたのだから全て脱ぎ、全裸の上からガウンを羽織り、ウエストでキュッと帯を縛った。そしてスリッパを履いてから、千佳を呼んだ。

3

「じゃ、まず身長と体重です」

記入用紙を持った千佳に言われ、保一は身長や体重を測った。

ここは、同じ五階にある別室である。やはり千佳以外誰もおらず、何やら保健室を思わせる雰囲気だった。薬品棚に検眼表、様々な計測器具や、ぶら下がり健康器や腹筋台まであった。さらに検眼を行ない、握力、背筋力を測り、懸垂などをさせられた。今までは、懸垂など一、二回だったのが、今回は十回以上できた。その他の力も、今までより倍加しているようだ。そして千佳に脈を測ってもらい、血液を採取された。

「じゃ、これに尿を入れて下さい」

紙コップを渡され、周囲を見回したが、ここにトイレはないようだ。

「ここで？」

「はい。構いません」

千佳が無表情に言う。

仕方なく彼女に背を向け、保一はガウンの裾をまくって紙コップにペニスの先端を差し入れた。コップの底には、弓の的のような同心円が描かれている。

「もう、研究室には長いんですか？」

なかなか尿意が高まらないので、保一は背後にいる千佳に話しかけた。

「二年目です」

「失礼ですけど、千佳さんておいくつなんですか？」

「二十三です」

ためらいなく、事務的な答えが返ってくる。してみると、やはり大学院生というところだろう。

ようやくチョロチョロとオシッコが出て、紙コップの半分ぐらい溜まって終わった。

シズクを振るって裾を降ろそうとすると、千佳の手が伸びてきて、尿道口にティッシュが当てられた。

「あ……、すいません……」

保一はしどろもどろに言い、千佳もすぐに手を引っ込め、裾が下ろされた。

千佳はオシッコの入った紙コップを受け取り、プラスチックのカバーキャップをはめて置いた。

「じゃ、最後ですけど精液の採取をします」

「え……」

「これに入れて下さい」

千佳が何かを渡してきた。見ると、四角いセロハンの中に丸いリング状のものが入っている。初めて手にするが、コンドームだった。

「あの、どうすれば……」

「着けたこと、ないんですか？」

「ええ……」

保一は、何やらモヤモヤする気持ちで答えた。実際は、初めてだろうが何とか装着することぐらいできるだろう。しかし、うまくすれば千佳が塡めてくれるかもしれないと思ったのだ。

彼は、この無表情で暗そうな、一見少女の大学院生に何か惹かれるものを感じて、股間がムズムズしていた。悦子先生や真樹子先生のような美しさや華やかさ、祐美のような愛くるしさもないが、真面目で控え目で、全ての欲望や好奇心を抑えている人形のようなタイプには初めて接したのだ。

無表情で事務的な淫らな行為、というのは何か全てが抑制され、ある種、異様な興奮が秘められていそうだった。

「どうすればいいんだろう……」

保一は言いながら、診察台のような簡易ベッドに腰を下ろし、封を破ってコンドームを取り出しながら、わざとモタモタとしてみた。

「わかりました。私が着けます。そこに寝て下さい。でも、実は私も……」

千佳が、コンドームを受け取りながら笑いもせずに言った。

保一がベッドに仰向けになると、千佳が裾をめくって彼の股間を露わにし、コンドームを持った手をペニスに近づけたが、どうにもぎこちなかった。

「千佳さんも、着けたことは？」

「性教育用の器具には着けたことがあります。でも……」

確かに、硬い器具になら簡単に装着できるだろうが、今の保一のペニスは緊張と羞恥に縮こまっていた。

（立っちゃいけない……）

と、心の中で保一は思った。立てば、簡単にコンドームを装着されてしまうだろう。実際、無表情の千佳に見られて、妖しい興奮が湧き上がり、今にもムクムクと勃起してしまいそうだ。しかし立たずに我慢すれば、千佳が何かしてくれそうな気がする。

「どうすればいいですか？」

千佳が訊いてきた。

「立たせるためにですか？」

「はい」

素直に返事をする千佳の無表情からは、ためらいや困惑の様子は見て取れなかった。

「何でもしてくれるんですか？」

「はい。全面的に協力しろと、橘先生に言われております」

かなり、千佳は真樹子先生を尊敬しているようだった。

「じゃすみません。いじって下さい……」

自分ですれば良さそうなものだが、何を要求しても拒まれないとなれば、してもらうに越したことはない。

以前の自分なら、恥ずかしくて決して言えなかっただろうが、祐美や悦子先生の肉体を知り、しかも自身の内部に芽生えた未知の力が、彼に余裕を持たせていた。

やがて千佳が、そろそろと手を伸ばしてきた。

細い指が軽く亀頭に触れ、そのままやんわりと手のひら全体で幹を包み込んでくれた。

そしてニギニギと、弱い力で動かしはじめる。

手のひらはひんやりとし、汗ばんでもおらず乾いていた。

「これでいいですか？　力の入れ具合とか、触る場所とか言って下さい」

千佳が、能面のような顔で眉一つ動かさずに言った。

それでも、ぎこちない愛撫に、保一の全身の血液が股間に集中しはじめた。

「あ、あの、千佳さんは恋人とかは……」

「おりません」

そっと握りながら千佳が答えた。

「男性体験は？」

「ありません。触れるのも、今が初めてです。解剖実習のとき以外は」

言われて、保一は激しく興奮してきた。死体に触れることに馴れている女性に、生体として初めて触れてもらったのだ。

同じ処女でも、祐美のように好奇心いっぱいで、恥じらいながら賑やかにしてくれるのも張り合いがあるが、これほど物静かな女性に、初めて触れてもらうのも貴重な体験だった。

ひょっとしたら中高生時代も女子校だったのかもしれない。そしてきっと、クラスの片隅でひっそりとしていたのだろう。度の強いメガネだから、文学少女かガリ勉。まあ今は理科系に来ているが感情を表に出さず、ひたむきに努力するタイプなのだろうと思った。

「もう少し強く……」

保一が言うと、千佳は素直にやや力を入れてこすってきた。言えば、すぐその通りにしてくれるというのが嬉しく、たちまち保一自身は千佳の手のひらの中で最大限に硬く屹立してしまった。

「これで着けられます」

千佳は静かに言って手を離し、コンドームをかぶせ、少しずつ指でたぐりながら、やがて根元までピッタリと装着した。

「射精は自分でできますね?」

「で、できれば千佳さんが……」

離れようとする千佳を、押し止めるように保一は言った。

「オナニーするでしょう?」

「す、するけれど、ここにはグラビアも何もありません。僕、いつも何かなければできないんです」

「どうすればいいですか」

「できれば、隣に寝て下さい。無理ならいいです」

言うと、千佳はすぐに隣に添い寝してきてくれた。保一は嬉々として、彼女の腕を引っ張ってくぐり、腕枕してもらった。白衣の胸に顔を押し当てても、千佳は拒まず、いいのか嫌なのか分からないまま保一はしがみついていった。

長く着ているのだろう。白衣には甘ったるい汗の匂いがタップリと染みついていた。

白衣の胸元からは、中のブラウスが見え、見上げると、千佳の薄い唇があった。

保一は、彼女を上にさせ、近々と見下ろしてもらいながらペニスを握ってもらった。

すると保一の頭が彼女のメガネに当たってずれ、千佳はすぐに外して枕許に置いた。

(うわ……)

メガネを外した素顔を間近に見て、思わず保一は息を呑んだ。

睫毛の長い眼差しが何とも美しいのだ。

お下げ髪で黒ぶち眼鏡、研究に没頭するあまり化粧っ気もないのだが、素顔は意外なほどの美人で保一は驚いた。こうなると、それまで貧乏じみて見えていたお下げ髪も、何やら昔風の少女のコスプレをしているだけのような気になってきた。

4

「すっごく、綺麗ですね」

「いいえ」

「ね、ツバ飲みたい」

思わず保一は言ってしまった。キスするよりも、この控え目な美女の方からアブノーマルな行動をしてほしかったのだ。

「ダメです。そんなこと、汚いからやめた方がいいです」

千佳が、近々と顔を寄せたまま答えた。

湿り気のある息が顔を撫で、祐美よりも甘酸っぱい匂いが濃く感じられた。

一瞬だが、覗いた前歯に異物が見えた。指を当てて開かせ、よく観察してみると、矯正用のベルトが上の歯並びに巻き付けられていた。歯の矯正中らしい。今は銀色の金属製ではなく、白いプラスチックのベルトなので目立たなかったのだ。

それで彼女は物静かで、言葉少なだったのかもしれない。

食事後の歯磨きも大変なのだろう。それでも磨ききれず、かぐわしい匂いが残っていると思い、千佳は汚いと言ったようだった。

「ねえ、少しでいいから出してみて」

保一は、千佳の甘酸っぱい匂いの渦の中で激しく興奮し、彼女の手のひらの中でペニスをヒクヒクと震わせた。

すると千佳も、思い出したようにコンドーム越しに握ったペニスをニギニギと愛撫してくれ、ようやくその気になったらしく保一の真上に顔を乗り出してきた。

薄い唇をすぼめ、白っぽく小泡の多い唾液をトロリと垂らしてくれた。

舌に受け止め、保一は互いの唇を唾液の糸で結ばれながら味わった。

千佳の唾液は粘つきがあり、ネットリとしていて味はなかった。

保一はうっとりと味わい、甘美な興奮とともに飲み込んだ。そして唾液の糸を吸いながら彼女の顔を引き寄せ、ピッタリと唇を重ねてみた。

間近に迫る千佳の表情は変わらず、目も閉じずにじっと保一を見下ろしていた。

舌を差し入れると、千佳の歯並びに触れた。下の歯の表面はツルツルと滑らかだが、上の歯並びはベルトのせいでざらざらと凹凸があった。さらに内部に潜り込ませると、千佳の舌に触れ、保一はじっとしている彼女の舌を舐め回した。

その間も、千佳は保一のペニスを握って動かしてくれていた。

「ね、ねえ……、千佳さんに、入れたらダメ？」

「……」

千佳は、指の動きを止めて少し考えたようだ。

「そうしたら、すぐ出ますか？」

「ええ、もちろん」

答えると、千佳は身を起こしていったんベッドを降りた。

どうせダメだろうと思って言ったのだが、この分では、どんな要求でも淡々と叶えてくれそうな気になってきた。

千佳は白衣の裾をめくり上げた。その下のスカートもまくって、手早くショーツを脱ぎ去った。彼女はパンストではなく、ハイソックスだった。

再びベッドに上がってきたので、保一は仰向けのまま先に彼女の手を引っ張って身体を引き寄せた。

「ね、入れる前に、舐めたい……」

「ダメです。シャワーも浴びてないのに」

「お願い、少しだけ」

保一は執拗にせがみ、強引に顔を跨がせてしまった。

途中から、千佳も諦めたように素直に力を抜いてしゃがみ込んできた。

真下から見ると、太腿も細く、色白を通り越して青い感じだった。縦線の恥毛も細く弱々しいのが淡く煙り、ワレメも祐美より未成熟な印象だ。


ワレメからわずかに、陰唇の肉厚の部分がはみ出していた。

指を当てて開くと、中は微かに粘つくように潤っていた。小さな花弁のような襞が膣口のまわりにあり、包皮の下から小豆大のクリトリスが覗いて光沢を放っていた。


引き寄せ、自分も顔の部分を伸び上がらせて唇を押し当てた。

淡い恥毛に鼻をうずめると、生ぬるく、ふっくらとした熱気が鼻腔に侵入してきた。それは甘ったるい汗の匂いに、ねっとりとしたチーズ臭が混じったような匂いが感じられ、まさに女性の自然のままのフェロモンという実感があった。

保一は何度も深呼吸し、この控え目な美女の匂いを吸収しながら舌を伸ばしていった。


陰唇の表面から、徐々に内部にかけて差し入れていき、舌先でクチュクチュと奥のお肉を探った。味も、微かに溶けるチーズに似ていた。

舌で膣口を掻き回し、クリトリスまで舐め上げていった。

が、千佳はピクリとも反応しないし、息ひとつ乱さなかった。

保一は執拗にクリトリスを舐め、さらに潜り込んでお尻の谷間に迫った。

しゃがみ込んでいるため、肛門も突き出されるようにわずかにお肉を盛り上げ、それでも可憐なピンクの襞が揃っていた。

鼻を当ててみると、祐美に感じたような、秘めやかな匂いが鼻腔を刺激してきた。

やはり、学内でも片隅に追いやられたような二人だけの研究室では、ウォシュレット付きのトイレもないのだろう。

保一は、かえってゾクゾクと興奮し、千佳の肛門をチロチロと舐めた。

細かな襞の舌触りを味わい、内部にもヌルッと潜り込ませ、再びワレメにも戻っていった。

しかし愛液の量が増したとも思えないし、千佳の無反応に変わりはなかった。

「もう入れてもいいですか?」

千佳が上から言う。

「え、ええ……。でも、入れる前に少し口でしてくれたら、嬉しいけど……」

言うと、千佳はすぐに彼の顔の上から離れ、ペニスに屈み込んできてくれた。

幹をやんわり握ったまま、陰嚢にヌラヌラと舌を這わせ、睾丸に吸いついてきた。

「く……」

保一は呻き、股間に籠もる千佳の熱い息と、柔らかく濡れた舌の感触にペニスをヒクヒク震わせた。

千佳は、陰嚢をまんべんなく唾液にヌメらせると、コンドームの上からスッポリと口に含んできてくれた。

ナマでないのが物足りないが、やはりザーメンに唾液が混じっては正確なサンプルにならないのだろう。それにぎこちない舌の動きも、コンドーム越しの感触も新鮮で、たちまち保一は高まってきてしまった。

コンドームがあっても、千佳の口の中の温もりや、締めつける唇、内部で蠢く舌の感触が充分に伝わってきた。

千佳は保一の高まりを感じ取ったか、やがて自分から口を離して身を起こし、仰向けの彼の股間に跨った。そして幹に指を添え、ワレメにあてがい、ゆっくりと腰を沈み込ませた。

「ああ……」

ヌルヌルッとペニスが千佳の内部に潜り込むと、その心地好い摩擦に思わず保一は声を洩らした。

千佳は、やはり無言で座り込み、完全に股間同士をピッタリと密着させた。処女ということだが、痛そうな様子も見せないし、むしろキュッと締めつけながら、小刻みに上下運動を始めてくれた。

中の温もりが伝わり、事務的で単調な動きがやけに興奮をそそり、保一は急激に高まってきた。やがて、いよいよ絶頂が近づくと、彼は千佳を抱き寄せ、身を重ねてもらった。

上下運動が前後に変わり、千佳は白衣のままのしかかって抽送を続ける。

保一は下から彼女にしがみつき、唇を求め、再び唾液を飲ませてもらった。

そして下からもズンズンと股間を突き上げ、千佳の甘酸っぱい匂いに包まれながら、とうとう激しいオルガスムスの嵐に巻き込まれてしまった。

「ウ……、いく……！」

快感に思わず口走り、保一は千佳の体重を感じながらドクンドクンと大量のザーメンを噴出させた。

もうコンドームを着けているという意識も吹き飛び、保一は最後の一滴まで最高の気分で放出しつくした。満足して動きを止めると、余韻に浸る間もなく千佳が身を起こして引き抜いた。

先にショーツを穿いて手早く身繕いし、メガネをかけ、グッタリと放心している保一のペニスから、ザーメンをこぼさないよう注意深くコンドームを取り外した。そしてティッシュを取り、濡れたペニスを丁寧に拭いてくれた。

「じゃ、あとはこのテストをしておいて下さいね。終わったらさっきの部屋へ」

千佳は血液や尿、ザーメンなど数々のサンプルやデータの書類を抱えて出ていった。

のろのろと起き上がって机を見ると、知能テストのような用紙が置かれていた。

5

「ご苦労様。データ分析には時間がかかるから、今日はもう帰ってもいいわ」

テスト用紙を持って部屋に戻ると、真樹子が受け取って言った。

千佳の姿はない。きっと、また何か用を言いつけられ、出ているのだろう。別に真樹子の様子も普通なので、千佳は何も言っていないようだった。

「もう一時ね。待って、お昼までだでしょう。何か取るわ」

真樹子に、店屋物の表を渡され、保一もカツ丼を頼んでもらった。すぐ真樹子が電話して注文し、待つ間またコーヒーを入れてくれた。

「千佳さんは？」

「あの子は学生食堂。午後は講義があるから、もうこっちへは来ないわ。気になる？　あれで案外美人なのよ」

「ええ。でも、そういう意味じゃなくて、なんか不思議な雰囲気で」

「そうね。東北出身で、実に寡黙だけど優秀よ」

真樹子がコーヒーを入れて戻り、保一の前のテーブルに置き、自分は向かいの回転椅子に座った。ソファの方が低いので、何だか目の前に真樹子の脚があるようだった。

しかも真樹子はコーヒーを飲みながら脚を組んだのだ。裾がめくれて、黒いストッキングと奥のガーターベルトまで覗けてしまった。

「悦子から、またメールが届いてたわ。君の成績や入学時の内申書まで。外部に漏らすのは違反なのに、よほど剣道に負けたことが悔しいのね」

「はあ」

「つまり、君の内部に起きた何らかの異変や特殊能力が証明されないと、負けたことが納得できないんでしょう」

真樹子は、悦子と姉妹同様に育ったことなど、あれこれ話してくれた。

彼女の家は中野のマンションで、千佳の方はアパート暮らしらしいが、やはりここに泊まり込むことも少なくないようだった。

「このハンモックは？」

「私の趣味。ソファベッドだとぐっすり眠り過ぎちゃうから、仮眠用にはちょうどいいの」

真樹子が答え、そのうち遅い昼食が届き、保一はカツ丼を食べた。真樹子はチャーハンだった。

そして食事を終え、今度は茶を飲んだ。

「今は、どこで寝起きしてるの？」

「世田谷の叔父の家ですけど」

「そう。ここへ来ることを、どう言っているの？」

「ただ、担任の紹介で知り合った先生がいるので、その手伝いを頼まれてると。両親も叔父叔母も、あまり詮索する方じゃないんです」

「そう、それでいいわ。明日も、十時頃までには来て」

「はい。ごちそうさま」

保一が立ち上がろうとすると、真樹子が言った。

「精液採取のとき、千佳が手伝った？」

「え……？」

「それとも、一人でオナニーしただけ？」

「そ、それは……」

保一は、不意を突かれて言葉をとぎらせた。

「正直ね。顔にすぐ出るタイプだわ」

すると真樹子が笑って言った。

「まだまだ、遺伝子に残るご先祖たちの強かさは表に現れていないようね」

「……」

「千佳は、ものすごく男性に興味を持っているの。でも引っ込み思案だから、自分からは何もできないわ。ただ、要求すれば、どんなことでも拒まない性格よ。きっと君も、千佳に頼んだのね」

「す、すみません。真面目な研究の手伝いのはずなのに……」

「いいのよ。真面目にザーメンが出るわけではないのだから。それより、君のひいひいお祖父さんの書いたこの本、読んでみるといいわ。面白いところだけ、私が現代語訳したものなの」

真樹子が、何枚かのコピーを綴じたファイルを渡してくれた。

表紙には『変態性欲の秘密・宗方鉄太郎』とあった。原本は明治大正期に書かれたものだから、まず保一には難解だろう。しかし真樹子が易しく書き直したものなら面白いかもしれない。

「彼は、今でこそ一般的にも使われるようになったフェティシズムの研究を早くに始めているわ。しかも実践して。かなり変わったというか、粋なお爺ちゃんだったみたいね」

「はあ、叔父が歴史の教師で、宗方鉄太郎のことをよく調べてました。風呂場で女中さんのオシッコを浴びるのが趣味だったとか」

「そうそう。彼の言うフェチとは、人間にとって最も大切なものらしいの。中国では、最も大切な空気と水を風水と称して研究を進めたけど、彼の場合の風水は、女性の吐息と唾液、その他あらゆる体液」

「わあ、面白いですね」

「そう、これを面白いと思うなら、君にもその素質が眠っていることになるわ」

「女性の体液で健康になるとか?」

「この本にはそう書いてあるわ。飲尿療法のルーツみたい。しかも彼にとって全ての女性は女神だから、自分の尿ではなく女性のもの限定、というところがユニークなの」

「単に、自分の趣味や性癖を正当化しているだけみたいな……」

「それが、そうでもないの。彼は百歳まで長生きしているし、独自のフェチ行為によって遺伝子に眠っていた先祖の技術や知識を甦らせることに成功したと書いているの。実際、スポーツも万能だったし、あらゆる学問にも精通していたようだわ。彼のこと今まで全然聞いていないの?」

「え、ええ……、そんなすごい人がいたなんて……」

父親は平凡な公務員だし、幼い頃に死んだ祖父母も何も言っていなかった。

あるいは奇人変人の類として、身内の中ではあまり評価されていなかったのかもしれない。それに世間も、あまりに特異な学説として相手にせず、ごく一部の人にしか知られていなかったのだろう。さらに昭和に入れば戦争の時代に突入するので、時代的にも登場が早すぎたというところか。

「女性の体液には神秘の力があると、昔から言われていたわ」

真樹子が続け、保一も浮かせかけていた腰を据えて聞いていた。

「古事記にも、女性の愛液が火傷の薬になったり、一度死んだ大国主命を甦らせたりしたし、イザナミという女神のゲロやオシッコ、ウンコからも様々な神様が生じたと書かれているわ」

「はあ……」

美女の口から、ゲロだのウンコだのという言葉が出ただけで、保一の股間はピクッと反応してしまった。

「唾液も、消毒薬として傷口に塗ったり、眉につけて妖怪の正体を見破るおまじないに使ったりして、別名で、天井水、玉泉、神水、霊液、種寿泉などという言い方もあるの」

「でも、女性限定の呼び方ではないでしょう」

「ところが、陰陽唾といって、男女の唾液を混ぜると霊的な力を発すると言われ、古来呪術などにも使われていたわ。つまり男性が女性の唾を含めば、自然に混じり合うわね。山田風太郎の小説にも、姫様の唾液や体液を飲んで、どんどん強くなっていく侍が描かれているけど、医者だった彼は、その理論を知っていたんじゃないかしら」

「ううん。でも、それだったら、セックスするたびにあちこちでスーパーマンが出来上がってしまうんじゃないかな……」

「だから、素質を持った選ばれた者だけがなれるの。君みたいに」

「……」

真樹子の眼差しも口調も次第に熱を帯び、保一の方に身を乗り出してきた。

一瞬、真樹子の見事な巨乳に顔をうずめてしまおうか、と保一は思った。彼女なら許してくれそうな気がした。

しかし真樹子は言葉をとぎらせ、椅子にもたれて茶をすすった。熱の籠もった説明は終わってしまったようだ。

「とにかく、また明日来てちょうだい。できれば、ここでのことは誰にも言わないでね」

「分かりました。ではこれで」

保一は、真樹子の書いたレポートを借り、研究室を出た。

そして大学を出て、新宿から小田急に乗って世田谷に向かう間も、彼はレポートを読んでいた。

（面白い……）

保一は心から思い、こんな人物が近い先祖にいたことが嬉しかった。自分が、女性のナマの匂いや唾液や吐息を求め、興奮してしまう秘密が、全てここに書かれているようだった。

第四章　叔母の舌づかい

1

（そうか、おばさんと二人きりだったんだ……）

医大を出てから、まだ日のあるうちに世田谷の家に帰った保一はあらためて思った。

そして昨夜の寝しなの、貴代子の思いがけないキスの感触を甦らせ、股間を疼かせてしまった。しかも昼間は、千佳と妖しく淫らな行為をして、まだ全身にその余韻が残っていた。

家に入ると、ちょうど貴代子も夕食の買い物から戻ったばかりのようで、リビングでひと息入れているところだった。

「お帰りなさい。迷わなかった？」

「ええ」

保一も、ソファに座って貴代子の入れてくれた茶を飲んだ。

今朝もそうだが、もちろん貴代子の態度には何も変わりはない。にこやかで優しく、慈愛のこもった笑みを浮かべていた。

しかし自分から保一の唇を奪ってきたのだ。この神々しい女神さまのような叔母の内部にも、言いようのない欲望が秘められているに違いない。

それを思うと、今日から叔母と二人きりだけに保一は意識し、今までは身近でありながら決して手が届かないと思っていた叔母と何か発展があるのではないかと、淫らな期待に妖しく胸がときめいてしまった。

さらに保一は、宗方鉄太郎理論により、自分の欲望が決して突拍子もないものではないと知って、大いなる安心を得ていた。

（そう、セックスの快感を求めるだけじゃなくて、女性の身体から出るものを欲しがることも、少しも変じゃないんだ……）

保一は思った。もしも、この理論を知らずにいたならば、自分は変態なんだと落ち込んでいたかもしれないのだ。

たまたま、祐美や悦子先生は言うことをきいてくれたけど、他の女性に求めたら罵倒され、軽蔑の視線を浴びせられたかもしれない。それはそれで、妄想の中では興奮するかもしれないが、実際にされたら、十六歳の純情で潔癖な心はひとたまりもなく打ち砕かれてしまうだろう。

(おばさんはどうだろう……)

鉄太郎の血を引いている叔父のことだ。しかも彼を研究していたようだから案外、保一以上にそうした性癖を持ち、貴代子に対して行なっているのではないだろうか……。

もしそうなら、祐美や悦子先生以上に保一とは相性が良く、何でもしてくれそうな気がしてきた。

「それなに?」

貴代子が言い、立って保一の隣に座ってきた。そして保一が買ってきた文庫本や雑誌の間にあった真樹子のコピーを手にしてしまった。

「あ……」

慌てて取り返そうとしたが遅く、貴代子はしっかりと書類の表紙『変態性欲の秘密』というタイトルを読んでしまっていた。

「これ、どうしたの？　うちの人も原本を持っているわ」

「い、いえ、大学の先生が、君の先祖の書いたものだって……」

「いけない先生ね。高校生にこんなもの渡すなんて」

貴代子はパラパラとめくってざっと目を通した。現代語訳されているので、際どい内容も容易に分かってしまっただろう。

しかし途中から、貴代子がコピーに視線を落としながらも読むことを止め、何か考えているような雰囲気が伝わってきた。

あるいは、自身の奥に湧き上がる衝動を抑えているのではないだろうか、と保一は都合よく考えた。そして、昨夜のキスのこともあるから、今度は保一の方から思い切って行動してみようと、激しく胸を高鳴らせながら決心した。

「……」

保一は、隣に座っている貴代子の身体に、そっと寄りかかってみた。

「なに、保一さん……」

貴代子は言ったが、その声は小さくかすれがちになっていた。

「ごめんなさい。僕、少しだけこうしていたい……」

保一は、彼女の左腕を潜り抜け、ソファに座ったまま腕枕されるような形になった。

貴代子も拒まず、コピーをテーブルに置いて彼を抱き締め、そっと頭を撫ぜてくれた。

セーターを通して、柔らかな感触と温もりが頬に伝わってくる。

買い物から帰ったばかりで、中の肌は汗ばんでいるのだろうか。ほんのりと甘ったるい匂いが感じられ、さらに上から吐きかけられる息の、湿り気を含んだ甘い匂いにうっとりと酔い痴れた。

貴代子の発するフェロモンを吸収しているだけで、全身が蕩けてしまいそうな陶酔感と同時に、何やら限りない充実感と気力が湧いてくるような気がした。

これがいわゆる宗方理論なのかもしれない。選ばれた者だけが、異性の出す気体や液体により、気が高まり力が湧いてくるのだろう。

保一は、セーター越しに感じる巨乳の膨らみに頬を当て、すっかり痛いほど勃起してきてしまった。

「おばさんのオッパイほしい？　触ってもいいわ……」

貴代子が囁き、保一の手を取り、自ら膨らみに導いてくれた。

保一は驚き、彼女が積極的になったことを嬉しく思った。

保一が巨乳を触ると、貴代子もその上から手を重ねたままグイグイと押し付け、とうとう我慢しきれなくなったように、彼の唇を求めてきた。そのまままいじりながら顔を上げてみると、すぐ近くに貴代子の白い顔があり、ピッタリと唇が重なった。

昨夜とは違い、すぐに離れることもなく、貴代子はグイグイと押しつけてきた。やがて密着したまま彼女の口が開かれ、ぽってりとした肉厚の舌が、ヌルッと侵入してきた。

保一は受け入れ、ヌラヌラと舌をからめながら、トロリとした生温かい唾液を味わい、かぐわしく甘い吐息を胸いっぱいに吸い込むことができた。

手のひらに余る巨乳を、セーターの上から強く揉むと、

「ンンッ……！」

貴代子が熱い息を弾ませ、激しく保一の舌に吸いついてくる。

さらに彼女は歯を立てて保一の唇をキュッキュッと甘く噛み、しかもことさらに保一の口の中に唾液を注ぐのだ。やはり叔父がそうした性癖を持ち、相手をするうちすっかりその行為が習慣になっているのかもしれなかった。

侵入してきた唾液を保一が飲み込むと、貴代子はさらに大量に分泌させてくれた。

保一はうっとりと喉を潤し、すっかり全身から力が抜けてしまった。

そのまま叔母に寄りかかり、どれぐらい長いディープキスをしていただろう。ようやくピチャッと微かな音を立てて貴代子の唇が離れたときには、外気がひんやりと感じられたほどだった。

「美味しかった?」

貴代子が、近々と顔を寄せたまま囁く。

保一が小さくこっくりすると、

「またあとで、いっぱいキスしましょうね。おばさんのオッパイ欲しい?」

貴代子が言い、セーターを脱ぎはじめた。さらにブラウスを脱ぎ、大きめのブラを外してくれた。

もう彼女は、激しく湧き上がる欲望を突き進み、甥との関係というためらいは微塵もなくなっているようだった。

やがて彼の目の前いっぱいに、見事に熟れた巨乳がボリューム満点の迫力で広がった。

保一は、熱烈に憧れていた膨らみに吸い寄せられるように顔を押し当て、淡いチョコレート色の乳首にチュッと吸いついた。

「ああ……」

貴代子がうっとりと声を洩らし、保一の顔を力いっぱい抱き締めてきた。保一は、顔全体が柔らかな膨らみに埋まり、危うく窒息しそうになった。

間近に迫る肌は色白できめ細かく、うっすらと静脈が透けていた。舌で転がすうち乳首はコリコリと硬くなり、貴代子がビクッと反応するたびにふんわりと甘い匂いが揺らめいた。

保一は両の乳首を交互に含んで吸い、さらに熟れたフェロモンに誘われるように貴代子の腕を潜り、腋の下にまで顔を埋め込んでしまった。

そこには何と、祐美にも悦子先生にもなかった淡い腋毛が煙っていたのである。

腋の窪みはじっとり汗ばみ、白い肌と腋毛のコントラストが何とも色っぽく、いかにも熟女を前にしているのだという実感が湧いた。

保一は鼻を押しつけて深呼吸し、甘ったるい汗の匂いを胸いっぱいに嗅いだ。

それはミルクに似た匂いで、さすがに豊満な貴代子は汗っかきらしく、今までの誰よりも濃かった。

「いい匂い……」

保一は思わず呟きながら何度もフェロモンを吸い込み、腋毛を唇に挟んだり、汗ばんだ腋を舐め回したりした。

2

「ね、あっちへ行きましょう……」

貴代子が言い、寝室へと移動した。中は、セミダブルとシングルベッドが並び、カーテンが引かれて薄暗かった。

「保一さんも脱いで、全部」

貴代子が言いながら、自分もスカートとストッキングを脱ぎはじめた。

狭いけれど、やはり貴代子の匂いの染みついたシングルベッドの方がよく、服を脱いでパンツ一枚になった保一はそちらへと横になった。そして、やはり貴代子の匂いのする毛布をかぶってから最後の一枚を脱いで外に出した。

すぐに、全裸になった貴代子も中に滑り込むように入ってきた。

柔らかな肌が密着すると、吸いつくような心地好い感触が保一を包み込んでくれた。

横になって向かい合い、腕枕してもらいながら、保一は再び乳首に吸いつき、巨乳を探り、また腋の下に顔を埋めて匂いと感触を堪能した。

「汗臭くない？」

すぐ上から、貴代子の声が甘い吐息とともに囁かれた。

「すごくいい匂い。それに、柔らかくて気持ちいい……」

「おばさん、太ってるでしょう？」

「ううん、僕が今まで会った人の中で、おばさんがいちばん綺麗だよ」

「うそ。でも保一さんは優しいのね」

貴代子は言い、保一を胸に抱きながら、彼の額や鼻筋、左右の頬にも順々に熱っぽいキスをしてくれた。

やがて、彼女の唇と舌が、次第に狂おしく保一の顔中を這いまわり、彼も仰向けになってうっとりと彼女の体に身を任せてしまった。

完全に上になった貴代子は、保一の頬に軽くを歯を立てたり、鼻の穴まで念入りに舐め回してから、耳たぶを吸い、首筋から胸まで舐め下りていった。

そしてチュッと乳首を吸われて、

「あッ……」

保一は思わず声を洩らし、ビクッと反応してしまった。

「ふふ、男の子でも感じるのね。いいのよ、もっと声を出しても」

貴代子は言いながら、保一の左右の乳首を舐め回し、チュッチュッと吸い、たまに軽くキュッと嚙んだりしてきた。そのまま脇腹を舌と歯で愛撫しながら下降し、中央に戻ってオヘソを舐め、いよいよ保一の快感の中心に熱い息が吐きかけられてきた。

ペニスは期待と興奮にピンピンに突き立ち、貴代子の熱い視線を受けてヒクヒク震えていた。

「すごい大きいわ。それに先っぽまでカチンカチンに硬くなってる……」

貴代子が呟くように言い、とうとう顔を寄せて屈み込んできた。

セミロングの黒髪がサラリと下腹に流れ、細い指がやんわりと幹に添えられた。そして柔らかな唇がチュッと先端に押し当てられ、濡れた舌がヌラリと亀頭を舐め回してきた。

悦子先生とは、微妙に感触が違うようだった。人妻だから舌の動きも巧みなのだろうか。

しかし保一は、幼い頃から好きで憧れていた叔母の愛撫に、次第に何も考えられなくなってしまった。

やがて張り詰めた亀頭をまんべんなく舐めて唾液にヌメらせると、貴代子は幹を舐め下りて、縮こまった陰嚢にも舌を這わせてきた。

大きく開いた口でスッポリと睾丸を含んで吸いながら、貴代子は保一の脚を浮かせて、完全に彼の股間に陣取った。さらに彼の両足を浮かせて、陰嚢から下の肛門まで舐めてくれた。

「ああ……」

肛門をチロチロと舌先でくすぐられ、保一はキュッキュッと収縮させながら喘いだ。

こんな部分にまであこがれ美女の舌と吐息を感じるなど思ってもおらず、それは夢のような快感だった。

貴代子はヌルッと内部にまで舌を差し入れ、ためらいなくクチュクチュと蠢かせてから舌を抜き、再び陰嚢から幹の裏側を通って先端まで舐め上げてきた。今度は尿道口を舐め回しながら、パクッと亀頭を含み、そのままゆっくりと喉の奥まで呑み込んでいった。

貴代子の口の中は温かく濡れ、内部で蠢く舌のヌメリがシルク感覚のように滑らかで、震えが走るほど心地よかった。

さらに天女のような豊頬がキュッとすぼまり、ペニス全体が強く吸われた。

「アアッ……！」

保一は堪らずに声を上げて身悶え、貴代子の口の中で唾液にまみれながらヒクヒクと幹を震わせた。

貴代子は先端がヌルッとした喉の奥の柔肉に触れるほど深々と頬張り、根元に軽く歯を立てた。そしてチューッと激しく吸引しながら、ゆっくりと引き抜いていった。

張り出したカリ首で唇が止まり、さらに亀頭が強く吸い上げられてからスポンと口が離れた。

「気持ちいい？　いいのよ、叔母さんの口の中に出しても。どうせ、すぐにまたできるようになるでしょう？」

囁き、再び含んできた。そして今までの愛撫が小手調べだったかのように、今度は激しく顔全体を上下させてスポスポと唇で摩擦しはじめてくれた。

唾液にヌメった口が、上下するたびクチュクチュと淫らな音を立て、溢れた分が保一の内腿まで濡らした。

保一はひとたまりもなく、たちまち昇りつめてしまった。

「い、いっちゃう……！」

股間に貴代子の熱い息を感じながら激しい快感に全身を貫かれた。

そして身を震わせて第一撃をドクンと射精すると同時に、貴代子が激しい力でチューッと吸いついてきた。

「アァッ……！」

保一は、今までにない快感に思わず声を洩らした。

強く吸引されているため、自分の脈打つリズムが無視されるように、とてもじっとしていられない快感に包まれたのだ。これは射精というよりも一方的に吸い上げられているようで、まるで陰嚢に溜まったザーメンがペニスのストローで吸い上げられている感じだった。

この濃厚なバキュームフェラで、たちまち保一は最後の一滴まで吸い取られ、すぐにグッタリとなってしまった。

貴代子は保一から出たものをゴクリと飲み込み、吸いながら口を離して淫らに舌なめずりした。

そして、まだヌメっている尿道口をペロペロしてから、ようやく顔を上げて再び添い寝してきた。

「気持ちよかった？」

腕枕してくれながら貴代子が囁く。

「うん……、こんなに気持ちいいの、初めて……」

保一は答えた。

実際、祐美や悦子先生への口内発射もよかったが、今回のような魂まで吸い取られる感覚は初めてだったのだ。もちろん貴代子は、今回が保一の初体験だと思っているようなので、彼の言葉も気づかずに聞き流していた。

保一は、貴代子の巨乳に顔を預け、甘い匂いを感じながらうっとりと快感の余韻に浸った。

すると貴代子はそっと彼の手を取り、自分の肌に当てた。そのまま滑らかな下腹をたどって、股間へと導いていった。保一も、あとは自分から彼女の柔らかな茂みを探り、そのまま中指を谷間に添って滑り下ろしていった。

すぐに指先に、ヌルッとした熱いものが触れた。

すでに大量の愛液が溢れだし、はみ出した陰唇までヌルヌルに潤わせているのだった。

保一は全神経を指先に集中させて探りながら、ヌメった陰唇の間から内部に差し入れていった。

「あん……」

貴代子が小さく声を洩らし、ビクッと下腹を震わせた。

保一も、叔母の熱い部分をいじっているうち、萎える暇もなくゾクゾクと胸が震え、激しい欲望が湧き上がってきた。

3

「ねえ保一さん、まだ女の身体を知らないんでしょう？　見てみたい？」

「うん。いい？」

「いいわ……」

貴代子が、待ちきれないようにクネクネと悩ましく身悶えながら言い、促すように腕枕する力をゆるめてきた。保一もすぐに身を起こし、仰向けの叔母の下半身に移動していった。

貴代子は、実に豊満で艶めかしい肢体をしていた。神々しく、しかし適度に淫らで、熟れた女の匂いに吸い寄せられてしまうようだった。

保一が、貴代子のムッチリとした白い太腿の間に顔を潜り込ませ、完全に腹這いになって顔を寄せると、彼女の内腿が小刻みに震えているのが分かった。

貴代子は決して、軽い気持ちで欲望に乗じ、少年を誘惑しているようには見えなかった。自身の激しい欲望と、反面まだ十六の甥っ子への影響を思い、その狭間で葛藤しているようだった。

そして自分が行動するときは、何とか余裕をもってリードしていたようだが、受け身になると急に羞恥心が湧いてくるのだろう。

「震えてるよ、叔母さん。恥ずかしいの」

保一は、まだワレメの観察より、白く滑らかな内腿の震えが新鮮で、思わず口に出してしまった。

「あ、当たり前でしょう……。主人以外、初めてなの……」

貴代子が、声まで微かに震わせて答えた。

なるほど、かなり早くに叔父と知り合っていたから、今日まで他の男を知らなかったのだろう。

保一は、さらに前進して、ようやく鼻先に迫るワレメに集中した。

ヴィーナス像のような腹部からきめ細かい肌が股間まで続き、黒々とした恥毛が逆三角に煙っていた。縦線の深いワレメからはピンクの花弁がはみ出してヌラヌラと潤い、股間全体に満ちた熱気と湿り気が、濃厚なフェロモンを含んで保一の鼻腔を心地好く刺激してきた。

買い物から帰ったばかりということだけではなく、もともと色っぽい体臭が濃いたちなのだろう。

そっと指を当てて陰唇を開くと、愛液が溢れて指をヌメらせてきた。奥は綺麗な色をした柔らかなお肉で、襞のある膣口が覗いた。その少し上にポツンとした尿道口があり、さらに上には真珠大のクリトリスが見えた。

もう堪らず、保一はギュッと顔を埋め込んだ。

柔らかな恥毛に鼻をこすりつけると、腋の下に似た甘ったるい汗の匂いに、さらにオシッコの匂いが混じって、刺激的にブレンドされた性臭が生ぬるく保一の鼻腔をくすぐってきた。

保一は何度も何度も深呼吸しながら、舌を伸ばして濡れた陰唇を舐めた。内部を探り、うっすらとした酸味まじりの愛液をすくい取りながら、コリッとしたクリトリスまで舐め上げていった。

「あァ……！」

貴代子が声を洩らし、キュッと内腿で彼の顔を締めつけてきた。

保一は、自分などの未熟な者の愛撫で、祐美や悦子先生ばかりか、いちばん大人の貴代子までが感じてくれるのが嬉しく、執拗にクリトリスを舐め回した。

すると、急にワレメ内部の熱いヌルヌルの量が増してきた。

保一は大量の愛液をすすり、クリトリスを舌先で弾くように舐め、さらに彼女の両足を抱え上げていった。

「ああん、どうしたいの。こう……？」

途中から、貴代子は自分で脚を浮かせて抱え込んでくれ、豊かな丸いお尻まで丸見えにさせてきた。

保一は、大きな逆ハート型の双丘に顔を寄せ、両の親指でムッチリと谷間を広げた。

奥には、細かな襞の揃ったツボミがキュッと閉じられていた。色は、グレイがかった淡いピンクで、保一の息と視線を感じただけでキュッキュッとイソギンチャクのように収縮をした。

鼻を当てて嗅いだが、やはり淡い汗の匂いだけだ。

舌先でそっと触れると、細かな襞の蠢きが伝わってきた。

「ああ……、くすぐったくて気持ちいいわ……」

貴代子は身悶え、呟くように言いながら、保一の舌の動きに合わせてヒクヒクと肛門を震わせた。

保一は唾液にヌメったツボミに、浅くヌルッと舌を押し込んだ。

「あう……」

貴代子が熱く喘ぎ、舌先がキュッと丸く締め付けられた。内部は滑らかな舌触りで、特に味はないが、美しい叔母の肛門に舌を入れているという実感が嬉しく、保一は激しく勃起してきた。

やがて脚を浮かせていられなくなったか、貴代子が脚を下ろして腰をクネクネさせ、保一もそれに合わせて肛門からワレメへと舌を戻し、新たな愛液をすすりながらクリトリスに吸いついた。

「ねえ、入れて……、もう大丈夫でしょう……?」

やがて貴代子が言い、すっかり回復していた保一も身を起こした。

膝を突いて前進し、腰を突き出してピンピンに張り詰めた亀頭を熱く濡れたワレメの中心に押し当てた。

「もう少し下……、そう、そこよ。来て……」

貴代子が腰を浮かせて誘導してくれ、保一もゆっくりと挿入していった。

亀頭がヌルッと潜り込み、熱くヌメった粘膜が彼自身を心地好く包み込んでくれた。

「アアッ……、いいわ、もっと奥まで入れて……」

貴代子が顔をのけぞらせて口走り、下から両手を伸ばしてきた。

保一も、彼女に抱き寄せられるままヌルヌルッと一気に根元まで貫き、豊満な熟れ肌に身を重ねていった。

奥まで潜り込んだペニスは、キュッと締めつけられ、熱いほどの温もりとトロリとしたヌメリに包まれた。

ペニスだけではなく、体重を預けた貴代子の肌は、どんなクッションよりも気持ちよく、保一の全身に吸いついてくるようだった。胸の下では、二つの巨乳が押しつぶれて弾み、すぐ上では甘い吐息で喘ぐ色っぽい口があった。

「突いて、激しく……」

貴代子が囁き、待ちきれないように下からズンズンと股間を突き上げてきた。

柔らかな恥毛がこすれ合い、ふっくらとした恥丘の奥にある恥骨のコリコリする感触も微かに伝わってきた。

保一も、突き上げるリズムに合わせて少しずつ腰を前後させはじめ、熱く濡れた膣内の摩擦快感を味わった。

「あう！　いいわ、感じる。もっと……！」

次第に貴代子の呼吸が荒くなり、声も上ずりがちになってきた。そして股間を跳ね上げながら身を反らせ、保一を乗せたまま何度かブリッジするようにガクガクと激しくのけ反った。

同時に膣内がキュッキュッと悩ましい収縮を開始し、大量に溢れる愛液が密着する保一の股間をビショビショにさせた。まるで潮でも吹く勢いの愛液の量で、動くたびにピチャクチャと淫らに湿った音が響いた。

実に膣内の蠢きがよく、膣内が上下に締まる感触がよく伝わってきた。まるで歯のない口に含まれて、舌鼓でも打たれるかのように、亀頭が奥へ奥へと吸い込まれ、お肉に巻き込まれて引っ張られるような感触だった。

保一も、股間をぶつけるようにリズミカルに動いた。

たったいま口内発射していなかったら、挿入した時点で果てていただろう。

それでも急激に限界が迫ってきた。しかし我慢しようと思っても、腰の動きが止まらない。

「い、いってもいい……？」

思わず許しを乞うように口走ると、

「ダメよ、もう少し……」

貴代子も必死に何かを待つように唇を引き締め、目を閉じて早口に答えた。

保一は奥歯を嚙み締めて耐え、それでももう我慢しきれず、絶頂に貫かれてしまった。早く漏らしてしまい、叔母に叱られるような想像を一瞬しただけで、それでオルガスムスのスイッチが入ってしまったようだった。

「ああっ！　ごめんなさい……」

保一は謝りながらも激しく律動し、ヒクヒクと快感に身を震わせながら勢いよく射精してしまった。

しかし、その瞬間、

「アアーッ……！　いく、熱いわ。いま出てるのね。もっと出して、いっぱい……！」

貴代子が喘ぎながら言い、ガクンガクンと激しく全身を弓なりに反り返らせて絶頂の痙攣を繰り返した。

どうやら内部の深いところを直撃され、内部に満ちるザーメンの温もりが貴代子のオルガスムスを誘導したようだった。

怪我の功名だが、保一は途中から安心して快感に身を委ね、最後の一滴まで最高の気分で放出することができた。

そして保一が力尽き、動きを止めてグッタリと身を預けると、ほぼ同時に貴代子も全身の硬直を解いて放心状態に入った。

保一は、貴代子の甘い吐息を好きなだけ胸いっぱいに吸い込みながら、うっとりと余韻に浸り、ゆるやかに息づく肉のクッションに身を任せた。

4

やがて夕食をすませ、全ての戸締まりを終えると、保一は貴代子にせがんで、一緒に風呂に入ってもらった。

「ねえ、叔父さんはやっぱり変な要求とか、する方?」

保一は、気になっていたことを訊いた。

堅物の父親と違い、叔父は同じ公務員だが教師以上に、好きな研究をする学者肌の雰囲気がある。宗方鉄太郎を調べたのなら、自身の性癖との共通があったから興味を覚えたのではないだろうかと思ったのだった。

それにかなり、美形でフェロモンも濃厚な貴代子との生活を楽しんでいるふうがあった。だから子供も、できないのではなく作らないのではないかと思えた。自分の子供は大変だが、こうしてたまに甥っ子を呼んで可愛がっている分には気楽なのだろう。

「変なって？」

貴代子が、互いの身体にボディソープを泡立て、洗い場で肌をくっつけてこすり合いながら言った。

生のフェロモンが消えていくのは惜しいが、湯を弾くように脂の乗った肌が、ほんのりピンクに上気して色っぽかった。そして一緒に狭いバスルームに入っているだけで、彼女自身は感じないであろう、甘ったるいミルクに似たフェロモンが湯気とともに籠もっていくのを保一は敏感に感じ取っていた。

「ツバとかオシッコとか飲みたがったり」

「保一さんは？」

貴代子が顔を寄せて甘い息で囁き、スポンジを置いて、手のひらで直接彼の肌をヌラヌラと撫で回してきた。

背中や脇腹に指が這うと、思わずゾクッと快感の震えが走るようだった。

「す、好きな人のなら欲しい……」

「そう、やっぱり遺伝するのかしら……」

「じゃ、叔父さんも？」

「ええ、最近はあまり求めてこないけれど、新婚の頃はしつこく言ってきたわ。もちろん私は抵抗があったけれど、それがあの人の治しようのない性癖だと思うと拒むのも可哀想で、それで、決して外で他の女性に求めないと約束したうえで……」

なるほど。確かに他の女性の排泄物など舐めた口で帰宅され、キスするのも嫌だろう。そんな貴代子の女心が、保一などにもわかるようだった。

「で、どんなことを？」

保一は、ドキドキしながら訊いた。

「オシッコが多かったわ。この、同じ場所で……」

貴代子が、バスルーム内を見回して、もうためらいなく言った。

それで彼女は、叔父が鉄太郎が尿を浴びる趣味のことを口にしたとき、思わずたしなめたのだろう。

「飲まれるのは抵抗があったから、最初は身体にかけるだけ。でも、そのうちに私も変な気分になってきて……」

貴代子は話しながら興奮してきたように、濃くなった甘い匂いの息を弾ませて続けた。

「飲ませたの？」

「ええ……、彼が飲んでくれた瞬間、私はイッてしまっていたの……」

「へえ……」

保一は、驚きと感動をもって頷いた。

女性とは、何と神秘なものだろう。いや、求められるまま与えているうち、それが自分の快感と悦びになってしまう貴代子こそ、本当の女神さまなのかもしれない。

「他には？」

「私に果物をたくさん食べさせて、それを戻させたり」

「うわあ……」

「大きい方も……。でも、それは絶対に口には入れさせなかったけれど……」

貴代子は囁きながら、そっと保一の股間に触れた。すでに、その部分ははちきれそうなほどピンピンに突き立っていた。

やがて貴代子はヌラヌラと手のひらの中で弄んでからシャワーの湯を出し、互いの全身のシャボンを洗い流した。

「保一さんも、欲しいの？」

「うん、おばさんのなら……」

「本当に欲しい？」

貴代子は念を押し、キラキラ光る熱っぽい眼差しで近々と保一の目を覗き込んだ。相手の性癖に付き合うというよりも、与える悦びに目覚めてしまったような、天女の慈悲の眼差しだった。

「うん……」

保一はドキドキと激しく胸を高鳴らせて答えながら、バスルームの床に仰向けになっていった。

貴代子も、すぐに彼の胸を跨いでしゃがみ込んできてくれた。

保一の目の前で、美しい叔母の脚がM字型に開かれ、新たな愛液にまみれたワレメが鼻先に迫ってきた。

大股開きのためワレメも広がり、内部のヌメヌメするピンクのお肉まで丸見えになっていた。さらに貴代子が、放尿の狙いをつけるためか指でグイッと広げたから、柔肉の真ん中の尿道口まではっきり見えた。

「いいのね、本当に……」

貴代子が息を詰め、下腹に力を入れながら言う。もう彼女の興奮の勢いは、たとえ保一が中止を申し出ても聞き入れてくれないほどになっているようだった。

やがて奥の柔肉が迫り出すように蠢き、ヒクヒクと震えた。

「あ、出る……」

貴代子が小さく呟き、同時にワレメからチョロッと水流がほとばしってきた。

それは保一の胸を濡らし、たちまちチョロチョロと勢いをつけて放物線を描き、彼の喉あたりから、さらに顔にも降りかかってきた。

口を開いて受け止めると、温かく舌が濡れ、ほんのりした匂いが口いっぱいに広がってきた。飲み込んだが味は薄く、むしろ味や匂いよりも、憧れの叔母の身体から出てくるものを受け入れている感激が大きかった。

「ああ……、もっと飲んで、美味しい?」

貴代子が、放物線の落下地点を彼の口に定め、息を弾ませて言った。

それほどの量は溜まっていなかったのだろう。間もなく流れは収まり、保一が抱き寄せると、貴代子も自分からビショビショのワレメをピッタリと彼の口に密着させてきた。

保一は舌を伸ばして舐め回し、余りのシズクをすすった。そしてオシッコの味と匂いが消え去ると、今度は新たに溢れた大量の愛液の酸味とヌルヌルする感触がワレメ内部に満ちてきた。

「アアッ……、き、気持ちいいわ……」

貴代子は何度かギュッと彼の顔に座り込みながら、巨乳を揺すって喘ぎ、やがて我慢できなくなったように保一の顔から離れて、今度はペニスに跨り、上からゆっくりと座り込んできた。

「く……！」

熱く濡れた膣内にヌルヌルッと肉棒が呑み込まれてゆき、保一は思わず快感に呻いた。

貴代子は動かず、深々と挿入されただけで満足らしく、というよりまだ終わるつもりはないようで、身を重ねて保一に唇を重ねてきた。

そして自分のオシッコを舐め回した保一の舌を、念入りにしゃぶり、洗い清めるように大量の唾液を注ぎ込んできてくれた。

保一はうっとりと、トロリとした生温かい唾液で喉を潤し、彼女の内部でヒクヒクとペニスを震わせた。

「ね、ねえ……、さっき言ってた、戻すというのは、できる？　苦しいなら、しなくてもいいけど……」

保一は、胸を弾ませて言ってみた。これほどの美人のものなら、それも体験してみたかった。それに貴代子なら、それぐらいオシッコと同じように気軽にしてくれそうな気がした。

エスカレートした行為にためらいはあるが、湧き上がる興奮に胸が震え、もう保一は後戻りできない気持ちになっていた。

「別に、嫌ではないわ。今なら、さっきのデザートのメロンだわ」

「じゃ、いい？」

「いいけど、多くは無理よ」

「うん……」

保一は頷いた。激しいときめきと期待に目がくらむほどで、動かなくても今にも果てでしまいそうだった。

貴代子はキュッと保一自身を締めつけながら、彼の真上に顔を乗り出し、何度か息を詰めて胃の中のものを逆流させようとした。何度かウッと肩をすくめて口を開いたが、吐き出されるのは小泡の多い生唾ばかりだった。それを保一は舌に受けた。

それでも、その唾液は通常とは違い、ネットリとした粘つきが増し、味も甘ったるいものに変わっているように感じられた。

「出ないわ。指、入れて……」

貴代子が囁き、保一はゾクゾクと胸を震わせながら人差し指を彼女の口に入れた。

柔らかく濡れた舌を探り、さらに温かな奥の方に差し入れる。やがて指先が、喉の奥のヌルッとした柔肉に触れると、

「ウッ……!」

貴代子が声を洩らし、大量に溢れた唾液が彼の指から手のひら、手首までも温かく濡らした。

保一が手を引っ込めると、同時に少しだけ粘つくものが出てきて、彼はそれを

舌に受けた。味わってみたが、メロンの味と香りはほんのわずかで、ほとんどはヌラヌラと糸を引いて粘つく唾液の塊のようなものだった。

それでも量も味も手頃で、保一はうっとりと味わった。むしろ大量に顔じゅうかけられるよりも、この方がいいくらいだった。

「ごめんね、もう出ないみたい……」

貴代子は何度も生唾を飲み下して諦め、済まなそうに言った。それでも保一は満足し、開かれた貴代子の口に鼻を差し入れて嗅いだ。

もともと甘い匂いの吐息にメロンの香りが混じり、さらに唾液と胃液の匂いがミックスされ、それは濃厚なフェロモンとなって保一の胸を満たしてきた。

5

「ねえ……、大きい方も……」

女上位で挿入されたまま、保一はせがんでみた。

「たぶん、そんなに出ないわ……」

「それでもいい」

保一が言うと、貴代子は少し間を置き、やがてゆっくりと腰を上げてきた。深々と入ったままだったペニスがヌルッと引き抜け、その摩擦に危うく漏らしてしまいそうになるのを、保一は必死に息を詰めて耐えた。それほど、美しい叔母の肉体から出るものを次々にもらい、通常のセックス以上の興奮が保一を高まらせ、感じやすくさせているのだった。

「いい？　約束して。これだけは口に出さないからね、身体に受け止めるだけにして。そして私がすぐに洗い流してしまうから、じっとしているのよ」

貴代子が念を押すように言う。段取りを述べる以上、かなりこの行為に慣れていると思われ、また興奮が増してきた。

「このへんに出していい？」

貴代子が、仰向けの保一の胸あたりを撫でて言った。

「うん」

「本当にいいのね？　おばさんのこと、嫌いにならないでね」

「うん……」

保一が頷くと、貴代子は再び彼の身体を跨いできた。今度は仰向けの保一の両脇に足を突いて後ろ向きになり、そのまましゃがみ込んできた。

保一からは、貴代子の白い滑らかな背中と、豊満な双丘が見えていた。開かれた谷間からピンクの肛門が見え、キュッキュッと収縮していた。

近くで見ていると、そのツボミは様々に形を変えた。

引っ込んですぼまったかと思うと、レモンの先のようにお肉を盛り上げ、細かな襞をピンと伸びきらせたり、さらに奥のヌメリある粘膜を覗かせたりした。

「ねえ保一さん、少し刺激して……」

貴美子は背を向けたまま、やや力のこもった口調で言った。

保一は伸び上がり、谷間に舌を這わせた。細かな襞を舐め回し、唾液に濡れた舌先を押し込んで、ヌルッとした内壁をクチュクチュと掻き回すように蠢かせた。

「う……、い、いいわ、離れて……、いい？　絶対に舐めたらダメよ……」

やがて貴代子が口走り、保一も言いつけを守って顔を離した。

みるみる可憐なツボミが襞を伸ばして、丸く最大限に広がってきた。

そして軽やかに気体が洩れ、独特の匂いが保一の鼻腔を撫ぜた。

さらに広がると、奥からゆっくりと押し出されてくるものがあった。

「……！」

保一は貴代子の匂いを感じながら、目を凝らして見守った。こんな間近で荘厳な儀式を目の当たりにするなど、一生のうちそう何度もないだろう。

しかし一つ目の小さな物が胸に落下し、首まで転がってくると、もう次は出てこなかった。

保一は、どうしても我慢できず、言いつけに背いて伸び上がり、作業を終えたばかりのツボミに舌を這わせてしまった。

「あん、ダメ……！」

貴代子が言ったが、彼女も力尽きて上体を起こしていられないように、完全に保一の胸に座り込み、女上位のシックスナインで彼の股間に顔を埋めてきた。

彼女が座り込んだため、大量の愛液に熱くヌメったワレメが吸盤のように保一の肌に密着した。

さらに貴代子は、巨乳の谷間でペニスを挟んで動かし、亀頭にしゃぶりついてきた。

「あ……、ああッ……！」

その瞬間、保一は激しい快感に全身を貫かれてしまっていた。

声を洩らしながら、僅かに匂いのする貴代子の肛門を貪るように舐め回し、彼女の口の中にドクンドクンと大量のザーメンを噴出させた。

貴代子は、保一の股間に熱い息を籠もらせながら、懸命にザーメンを飲み込み、彼の目の前で豊満なお尻をクネクネと悶えさせた。

そして保一は、最後の一滴まで放出し、貴代子のお尻の谷間からも口を離してグッタリとなった。

すると、全て飲み干した貴代子が身を起こして向き直り、すぐにシャワーの湯を彼の胸や顔に浴びせかけてきた。

「バカね。あれほど舐めちゃダメって言っておいたのに……」

貴代子は彼の胸の排泄物の痕跡を洗い落とし、再びボディソープを塗りたくって泡立てた。そして保一の半身を起こさせて何度も彼の唇を洗い、口の中もすすがせた。

「気持ち悪くない？」

「うん……」

保一は、快感の余韻の中でうっとりと頷いた。

そしてバスタブに寄りかかったまま、貴代子に身をまかせてじっとしていた。

貴代子は甲斐甲斐しく彼の顔や胸を洗い、何度もボディソープを足して流した。

「大丈夫、もう匂いはしないわ……」

シャワーの湯を浴びせてから、貴代子は彼の胸に鼻を当てて確認して言った。

そして保一の股間を見て、目を見張った。

「どうしたの……、出したばっかりなのに、こんなに大きく……」

貴代子は驚いたように言った。実際、萎える暇もなく保一自身はピンピンに硬く屹立していたのである。

「たぶん、叔母さんからパワーをもらったから……」

保一は、全身に漲る力を感じながら答えた。やはり宗方理論そのものが、保一の肉体に効果を及ぼしていたのだ。

「まだ、できるの?」

「うん」

「いいわ。保一さんの好きなように、いかせてあげる。何でもしてあげるわ」

貴代子が、熱っぽい眼差しで言った。

「おばさんの、お尻の穴に入れてもいい……?」

保一は言った。彼女の肉体から出る全てのものをもらったのだから、最後はやはり、まだ入れていない部分を求めたかった。

「いいわ。お湯に浸かってから、ベッドに戻りましょう」

貴代子は言い、やがて交互にバスタブに入って温まり、バスルームを出た。

身体を拭いて全裸のまま寝室に入り、二人はすぐにベッドでもつれ合った。

「ああッ……！」

乳首を吸われ、貴代子が狂おしく喘いだ。

保一が何度でも甦るように、貴代子もまた彼の欲望と興奮が伝染して何度でも高まり、激しく燃え上がっていた。

保一は両の乳首を充分に味わってから、熟れた柔肌を舐め下り、彼女の股間に顔を潜り込ませていった。ワレメからは、後から後から無尽蔵に大量の愛液が湧き出し、保一の舌を快く濡らしてきた。

そのままワレメを舐め回し、さらに、洗って綺麗になってしまった肛門も味わった。

そして身を起こし、まずは膣内にヌルヌルッとペニスを押し込んでいった。

「あう！　き、気持ちいいッ……！」

貴代子が下からしがみついて身悶え、キュッときつく保一自身を締めつけてきた。

保一は何度かズンズンと動き、充分にペニス全体に愛液のヌメリをまつわりつかせてから、ゆっくりと引き抜いた。

貴代子は自分で両足を浮かせて抱え込み、保一は肛門に亀頭を押し当てた。グイッと力を入れると、唾液と、上から滴る愛液に濡れた肛門は丸く押し広がり、ヌルッと亀頭を呑み込んでしまった。

保一は息を詰め、根元まで貫いていった。膣とは違った感触がペニスを包み込み、初めてのアナルセックスの感激が保一を酔わせた。

「アアッ！　いいわ、もっと奥まで来て……！」

貴代子も声を上ずらせ、深々と保一を受け入れながら高まっていった……。

第五章　研究室の倒錯快感

1

「おはよう。データは、どれも驚くべきものだったわ」

保一が研究室に行くと、真樹子が目を輝かせて言った。どうやらスポーツテストも知能検査も、かなり高得点で真樹子の関心を満足させる結果が出たようだった。

研究室のドア前には、店屋物の皿や丼が積まれていたから、真樹子は、昨夜は泊まり込んでデータを出していたのかもしれない。まあ、ここは真樹子の私室のようなものだから奥には当直用のユニットバスもあるようだった。

千佳の姿は見えなかった。あるいは遅くまで手伝い、今日は休んでいるのだろうか。

真樹子は、保一を仮眠室のソファに招いて説明してくれた。

「どうやら、知能や体力、様々な技術や知識が急激に増えているみたい。すごいことだわ。まるでスーパーマンよ」

「どうして今まで、そんな兆候がなかったんだろう……」

「全てのパワーの源が、君の性的な欲望にあったんでしょうね。宗方理論によれば、性欲こそ生きる力と叡智の根源。つまりオナニーを覚えて二年ぐらいで、そろそろ生身の女体に激しい渇望が湧いてきた頃、おそらく十六歳の誕生日あたりがスイッチの入る時期だったのだろうと推測されるわ」

真樹子は説明しながらコーヒーを二つ入れ、向かいに座った。

「今後は、どうなるの……？」

「わからないわ。ただ新人類として、そうした人が増えていけば、さらに人類の進化は著しいものになるでしょうね。君個人のことは、自分で考えなさい。このままいけば軽く東大に入れるでしょうし、好きな分野の第一人者になれるわ。あるいは格闘技のチャンピオンだって……」

「はあ、でもしばらくは今のまま、美術部でマンガ描いているのが気楽です。それに技術や知識より大事なものがあるだろうし」

「それは、青春を謳歌したいってこと？」

「ええ。いっぱい友達も作りたいし、多くの影響を受けながら、本当に自分のやりたい道を探します」

「それがいいわね」

「僕のこと、世間に発表するんですか？」

あまり、多くの科学者の実験相手にされるのは御免だった。

「まだ、その段階じゃないわ。むしろ私は、君を独占しておきたいの。そして」

真樹子はコーヒーを一口飲み、カップを置いて保一を見た。

「私は、君の子供が欲しい」

「え……？」

熱っぽく潤んだ眼差しで言われ、保一はドキリと胸を高鳴らせた。

今までは、研究一筋のキャリアウーマンに見えていたから、性的な行為に興味などない印象だった。しかし悦子先生によく似た知的な風貌の奥には、やはり熱い欲望が渦巻いていたのだろう。

「ダメかしら。私はタイプじゃない？」

真樹子が言い、立ち上がって保一の隣りに座ってきた。

「い、いえ、そんなことないです。先生はとっても魅力的だし……」

「そう。それなら二人で、宗方理論にのっとって実践したいわ。昨日のコピーには目を通してくれた？」

「え、ええ……」

真樹子を熱く突き動かしているものが、性欲なのか実験の成果なのか、よく分からなくなった。

確か宗方理論によれば、よりよい遺伝子を持ったためには、女性の身体から出たものを取り入れた男が、その女性に射精し妊娠させれば、双方の先祖の優秀な知能や技術が組み込まれる、というものだった。

少し飲尿療法の理論に似ている。飲尿療法は、自身の肉体の情報を持った尿を飲むことによって、より悪い部分を排出させ、体内を活性化に導くというものだ。

宗方理論は、この方法を自分の肉体ではなく、異性の肉体を使って循環させることにより、パワーを倍加させるというものだった。もっとも、ここで循環するのは物質ではなく、気そのもの、ということである。

しかし保一と真樹子、両方の先祖の持つ知識と技術を全て結集した子ができたら、それはほとんど全智全能になってしまいはしないだろうか。それはある意味、恐ろしいことでもあったが、真樹子はその考えに固執しはじめているようだった。

真樹子は席を立ち、研究室の入口をロックして灯りを消し、この奥の部屋に戻ってきた。そしてソファの背もたれを倒し、ベッドにした。

「もう今日は、ここには誰も来ないわ。千佳も休みだし、何をしようと自由よ」

真樹子は言い、保一の肩に手を回して抱き寄せてきた。

保一も、すっかり甘ったるい汗の匂いが染みついている真樹子の白衣の胸に顔を預けると、貴代子に匹敵するぐらいの豊かな膨らみが感じられた。

真樹子は彼の頬に手を当て、上向かせながら顔を寄せてきた。

ピッタリと唇が重なり、すぐに真樹子の口が開いてヌルリと舌が伸ばされてきた。

保一は受け入れ、舌をからめながら間近に迫る真樹子の美しい顔を眺め、湿り気ある熱い吐息を吸い込んだ。

真樹子の舌は生温かく、トロリとした唾液に濡れて柔らかだった。吐息も口の中も、何ともかぐわしく甘い匂いが濃かった。

真樹子は密着させながら、ゆっくりと保一をベッドに押し倒し、上からのしかかってきた。そして貪るように激しく舌を動かして、保一の口の中を隅々まで舐め回し、時にはキュッと彼の唇に歯を立ててきた。さらに口移しに、クチュッと唾液を注ぎ込んだ。

保一は、真樹子の吐き出す甘い息の匂いに酔い痴れながら、小泡の多い清らかな唾液を味わい、うっとりと喉を潤した。

保一がコクンと飲み込んだのを察し、

「もっと？」

口を離して真樹子が近々と顔を寄せたまま囁いた。

小さく頷くと、今度は真樹子は距離を置いたまま、形よい唇をすぼめてグジュッと垂らしてきた。

舌に受け止め、保一はムクムクと痛いほど勃起しながら美女のシロップを飲み込んだ。

「美味しい？」

「うん……」

「私の身体から出る液体と匂いを、いっぱい吸収してザーメンに変えなさい」

真樹子は言いながら、もう一度唇を密着させて、いつまでも大量の唾液と吐息を保一に与えた。

「脱いで、全部」

長いディープキスを終えると、真樹子はいったんベッドを下りて言い、エアコンを強くしてから自分も白衣を脱ぎはじめた。

保一は半身起こして服を脱ぎ、ズボンと靴下も引き下ろしながら、脱いでいく真樹子を眺めた。白衣の下はブラウスとタイトスカートで、やはり角度によっては、悦子先生によく似た雰囲気だ。

やがてブラウスが取り去られ、スカートが引き下ろされた。ブラとショーツ、ストッキングとガーターベルトは全て黒で、これは悦子先生とは違っていた。

さらにブラが取り去られ、支えを失った大きな二つの膨らみが、弾むようにぶるんと揺れた。貴代子とはまた違うタイプの巨乳だった。

叔母の場合は同じ巨乳でも、全身がふっくらと豊満で聖母のようだった。しかし真樹子の巨乳は、ツンと上向き加減の張りと弾力に満ち、長身でウエストがキュッと引き締まっているから、プロポーション抜群の外人モデルに近い感じだった。

保一が最後の一枚を脱いで、再び仰向けになると、真樹子はショーツとストッキングを着けたままベッドに上ってきた。

「いいわ、君の手で自由に脱がせて。君、保一くんは友だちに何て呼ばれてるの？」

「ポチ……」

「ポチ？　可愛いわね。そう呼んでもいい？」

「はい」

「じゃポチ。私の身体中を舐めなさい」

真樹子も仰向けになって言い、保一は彼女の巨乳に顔を埋め込んでいった。

乳首と乳輪の色素は薄く、胸元はほんのりと汗ばんでいた。

乳首を含んで舌で転がし、もう片方をモミモミしながら吸いつくと、

「アア……」

真樹子がうっとりと声を洩らし、熟れた肌をうねうねと悶えさせはじめた。

保一はもう片方も含み、さらに胸の谷間にも顔を埋めて、甘ったるい汗の匂いを吸収した。

そして彼女の腕を差し上げ、腋の下にも顔を潜り込ませていった。

腋の窪みもジットリと汗に湿り、濃厚なフェロモンを籠もらせていた。舌を這わせると剃り跡のザラつきが艶めかしく伝わってきた。

「汗臭いでしょう……」

真樹子が、たまにくすぐったそうにビクッと肌を震わせながら囁いた。

「ううん、すっごくいい匂い」

「そう、でもやっぱり匂うのね。恥ずかしいわ……」

真樹子が声を上ずらせて身をよじると、さらに濃くなった匂いが悩ましく揺らめいた。

2

保一は、真樹子の肌を舐め下りて、引き締まったウエストとオヘソまで念入りに舌を這いまわらせた。

そして脚に移動し、ストッキングをはいたままの爪先に鼻を押し当てた。

汗と脂に湿った繊維からは、かなり刺激的で濃厚な匂いが感じられ、そのフェロモンは保一の股間に激しく響いてきた。あるいは昨夜泊まり込んだらしいから、替えのストッキングは持ってきていなかったのかもしれない。

両足とも念入りに嗅いでから、真樹子に手伝ってもらってガーターベルトを外し、ストッキングを脱がせていった。

今度は素足の裏に舌を這わせ、直接爪先に鼻を当てて指の股の匂いを嗅いだ。充分に真樹子の匂いを胸に刻み付けてから、爪先をしゃぶり、全ての指の股にヌルッと舌を割り込ませる。

「ああっ……、いい気持ちよ……」

真樹子が目を閉じてうわ言のように呟き、保一の口の中で、唾液に濡れた爪先でキュッと彼の舌を挟みつけてきた。

彼女の指の股は、うっすらとしょっぱい味がした。保一は両方とも、味も匂いも無くなるまでしゃぶり尽くしてから、スベスベの脚をゆっくりと舐め上げていった。

脛から膝小僧、太腿へと舐めていきながら、やがて保一は彼女の最後の一枚に指をかけて引き下ろした。真樹子もわずかに腰を浮かせて彼の作業を手伝い、保一は完全に彼女の両足首からスッポリと黒いショーツを抜き取ってしまった。

真樹子は仰向けのまま顔をそむけるように目を閉じ、羞恥と戦っているようだった。

保一は、彼女の両膝の間に顔を割り込ませ、股を開かせながら前進していった。

ツルツルと滑らかな内腿に挟まれ、美女の中心部を観察した。

恥毛は淡い方で、ワレメからはみ出した陰唇も初々しいピンク色をしていた。

「ねえ、開いて見せて」

ここでも保一は、初体験を装った。

「い、いいわ。よく見て……」

真樹子は下半身の強ばりを懸命に解き、内腿を震わせながら大股開きになった。

そして自ら両の人差し指をワレメに当てて、グイッと左右に広げてくれた。

中身が丸見えになったが、下の方は悦子先生のように白っぽく濁った愛液が満ち、今にも滴りそうなほど溢れていた。

奥では膣口が息づき、包皮を押し上げるように勃起したクリトリスは大きめだった。

「すごく濡れてるよ。舐めてもいい？」

「い、いいわ……」

「匂い嗅いでもいい？」

「アアッ！　いちいち言わないで……」

真樹子は顔をのけぞらせて喘ぎ、開いていたワレメから指を離した。

保一も、ようやく顔を埋め込み、柔らかな恥毛の隅々に籠もる、大人の女のフェロモンを胸いっぱいに吸い込んだ。それは、今までの誰よりも濃い匂いで艶めかしく、保一は匂いだけで激しく高まってしまった。

やはり生ぬるく甘ったるい汗の匂いがいちばん多く、それに残尿や恥垢、様々な分泌液の匂いがミックスされていた。そしてムレムレになった匂い全体は、ミルクとチーズを混ぜたような感じで、香水やボディソープなど一切人工物の混じらないフェロモンに保一はうっとりとなった。

舌を這わせると、ヌルッとした感触が伝わり、うっすらとした酸味混じりのしょっぱい味が感じられた。

保一は大量の愛液を舐め取り、蠢く柔肉の感触を味わいながらクリトリスにも吸いついていった。

「ああ……、いいわ、もっと……」

真樹子が、次第に羞恥心よりも快感を優先しはじめたように口走った。

保一は彼女の両脚を浮かせ、形よいお尻の谷間にも鼻先を潜り込ませていった。

期待に違わず、谷間には汗の匂いとともに、ツボミの中心からほのかな生々しい秘めやかな匂いが感じられ、彼は激しく興奮した。

細かな襞の震える肛門をペロペロ舐め回し、さらに舌先を押し込んで、ヌルッとした内部の粘膜も念入りに味わった。滑らかな直腸の内壁は、何やら甘苦いような微妙な味覚があった。

「そこも、気持ちいいわ……、もっと奥まで舐めて……」

真樹子が、キュッキュッと肛門を収縮させながら言い、保一は美女の前と後ろを唾液でヌルヌルにした。

ようやく脚を下ろし、肛門から舌を抜いた保一は、再び大量の白っぽい愛液をすすりながらクリトリスに戻っていった。

そして執拗にクリトリスを舐めながら、膣にもヌルッと指を押し込んでみた。

「アアッ！　気持ちいい……。そこ、噛んで……」

真樹子が上ずった声で言い、保一は膣内の天井を指で圧迫するようにコリコリとこすりながら、突き立ったクリトリスをそっと前歯で挟んだ。さらに舌先で小さな突起を右に左に転がし、指を二本に増やしてクチュクチュと出し入れするように動かした。

「い、いきそう……、お尻にも指入れて……」

真樹子が、ヒクヒクと激しく下腹を波打たせて言った。

保一は、右手のみならず、左手も縮込めて、唾液に濡れた肛門に人差し指を押し込んでいった。

腹這いなのに両手を縮めたら痺れてしまうが、まあ短い間なら大丈夫だろう。

結局、左手の人差し指は深々と肛門に埋まり込み、右手の指二本は膣内に、そしてクリトリスを舐めたり噛んだりしながら、保一はそれぞれの指を激しく蠢かせた。

「い、いく！　アアーッ……！」

たちまち真樹子がガクンガクンと全身を反り返らせて痙攣し、大量の愛液を漏らしながら昇りつめていった。

保一は、腕が痺れても執拗に前後の穴を愛撫し、真樹子がグッタリと力尽きるまでクリトリスを刺激し続けた。

ようやく、弓なりになっていた全身の硬直が解け、真樹子が力を抜いて身を投げ出してきた。

保一も舌の動きを止め、ゆっくりと膣から指を引き抜き、続けて肛門からもヌルッと指を引き離した。愛液が糸を引いて、保一の指は湯上がりのようにふやけ、わずかに湯気さえ立ち昇らせていた。

肛門に埋まり込んでいた指を嗅ぎ、保一はなおも、愛液でビショビショに濡れているワレメに口をつけてすすり、全てのヌメリを舐め取った。

真樹子は失神したように動かず、ただ巨乳だけが荒い息遣いとともに、悩ましく上下していた……。

3

「このハンモックは、頑丈ですか？」

激しいオルガスムスの余韻も過ぎ去り、真樹子が息を吹き返すと、保一は気になっていたことを訊いてみた。

「大丈夫よ。寝てみる？」

言われて、保一は興味を覚え、全裸のままソファベッドの上に立ち、注意深く上ってみた。

「そうじゃなく、うつぶせになって」

真樹子に言われ、保一は揺れるハンモックの上で苦労して腹這いになった。身体が反り返るが、宙に舞うようで心地よかった。

すると真樹子が真下に仰向けになり、ハンモックの粗い網目から突き出ているペニスにしゃぶりついてきた。

「あ……！」

保一は、新鮮な快感に思わず喘いだ。

腹這いになっているのに、真下からフェラチオされているのだ。通常では有り得ない体位だが、ハンモックがあるからできるのである。

真樹子は舌を伸ばしてペニス全体を舐め回し、さらに彼の腰に手を当て、左右に揺らしはじめた。

ハンモックが左右に揺れ、間から突き出たペニスが往復するたび、下で待機している真樹子の舌が張り詰めた亀頭に触れてきた。

揺れに身を任せて舐められ、保一は激しく高まってきた。

そして揺れが収まると、真樹子はパクッと喉の奥まで呑み込んでチュッチュッと吸い、再び口を離してはハンモックを揺らし、愛撫を繰り返してきた。

保一は妖しい快感に身悶え、ペニスを震わせた。まるで、無重力状態でフェラチオされているようだった。

「気持ちいいでしょう？　でも出したらダメよ。いくときは私の中でね」

真樹子は言い、真下からのおしゃぶりを続けながら注意深く、保一を完全に昇りつめさせないよう微妙なタッチで舐め回した。

「い、いきそう……」

やがて保一が降参するように言うと、

「そう。じゃ交代して」

真樹子はすぐにフェラを中止し、ベッドから身を起こしてきた。

保一は、懸命に奥歯を噛み締め、肛門を引き締めて射精を堪えた。

彼も、反り返った全身が痛くなりはじめていたので、下りるのにはよい潮時であった。ちょうど背骨の痛みを感じながらの絶頂を、どうしたものかとためらっていた時だったのだ。

彼女は保一が下りるのを手伝い、今度はハンモックを掛けるフックの位置を変更した。

真樹子はハンモックの両端を、天井に付けられた頑丈なフック一カ所に引っ掛けた。

ハンモックは、真上から水滴型に下げられたことになる。

真樹子は保一に支えられながら、そのハンモックに上り、両手両足を上に向ける形になって吊り下げられた。

まるで全裸の美女が網にかかり、引き揚げられたような形だった。

粗い網目から熟れた柔肌がはみ出し、何とも色っぽかった。

保一が真下に寝てみると、網目からワレメや肛門が丸見えになり、少し伸び上がれば自由に舐め回せた。

フェラだけでなく、こんなハンモックの使い方もあるのだと保一は感心し、滴るように溢れてくる愛液をすすった。網目がお尻や太腿に食い込み、間からムッチリとお肉がはみ出し、ワレメはまるで、熟して果汁をたっぷり滴らせた果実が縦割りになって覗いているようだった。

舌を離すと、実際ツツーッと愛液が糸を引いて真下に滴ってきた。

保一は夢中で、しかも楽な体勢でワレメと肛門を心ゆくまで味わうことができた。

「ああッ……、早く、入れて。下から……」

真樹子が上から言う。もう、舐められての絶頂は済ませたばかりだから、今度こそ挿入され一つになって一緒に昇りつめたいのだろう。

保一も口を離し、吊り下げられている真樹子の真下に行って仰向けになった。

そして真樹子のお尻に両手を当てて力いっぱい持ち上げ、彼女もまたハンモックのロープをたぐって懸命に身体を浮かせると、ようやく保一のペニスの先端が、ちょうど真下の網目から覗いているワレメに押し当てられた。

支えている両手を離し、真樹子もまたロープを離すと、彼女の身体が下がり、屹立したペニスがヌルヌルッと一気に膣内に潜り込んでいった。

「アアーッ……！」

真樹子が声を上げ、吊っているロープやフックがギシギシと鳴ってちぎれるほど激しく身悶えた。

八分目まで挿入されたが、仰向けの保一が股間を突き上げると、いちばん奥まで貫くことができた。

真樹子の膣内は熱くヌメリ、入口がキュッと締まって何とも心地好かった。保一は、少しでもこの妖しい快感を長く味わいたくて、息を詰めながらズンズンと腰を突き上げ、果てそうになると動きを止め、それを延々と繰り返した。

さらに揺れる彼女の腰を支えて、ひねりを加えた。

「あう！　すごいわ、いきそう……！」

真樹子が声を上ずらせ、グルグルと回転しながら膣内を搔き回された。保一も、最高の摩擦快感に襲われ、必死に絶頂をこらえた。

ロープがよじれると、今度は回転が逆になり、それが繰り返された。

ペニスは、回転する膣内のヌメリと刺激にヒクヒクと震えた。まるで内部が螺旋状に摩擦されているようだった。

大量に湧き出る愛液も、幹を螺旋にヌメらせながら、さらに周囲に飛び散る分が彼の下腹や内腿を濡らした。

「ヒイッ！　死ぬ……、も、もう堪忍……！」

何度も何度もオルガスムスの大波に呑み込まれながら、真樹子が息も絶えだえになって口走った。

もう保一の方も限界で、回転する膣の奥に向けて股間を突き上げ続け、とうとう激しい絶頂の快感に包み込まれ、そのままどこまでも押し流されてしまった。

大量のザーメンが、噴き上げられるように真樹子の柔肉の奥に向かってドクンドクンと脈打った。そして最後の一滴まで出しきり、ようやく動きを止めた。

真樹子の回転も弱まり、やがて挿入されたまま止まり、逆流する愛液混じりのザーメンが幹を伝ってきた。

「お、お願い、下ろして……」

真樹子が声を震わせて言い、保一も余韻を味わう暇もなく引き抜いて身を起こした。

網ごと真樹子の身体を抱き上げ、間から引っ張り出した。彼女も必死に保一にしがみついて這い出し、やがてゴロリとベッドに横たわった。

白い柔肌のあちこちは、ハンモックの網目がクッキリと印され、ピンクに上気した肌が色っぽかった。

真樹子の全身はさらに汗ばみ、悩ましく甘ったるいフェロモンを発散していた。

保一も添い寝し、真樹子の荒い呼吸が整うまでの間あらためて余韻に浸った。

と、その時、保一は何げなくドアを見て驚いた。

「うわ……！」

思わず声を上げると、真樹子も彼の視線をたどった。

何と、そこに千佳が立っていたのである。どうやら忘れ物でもして研究室に戻り、合鍵でロックを外して入ってきていたのだろう。

「千佳……、いつから見ていたの……」

真樹子も驚いたように、半身起こして言った。

するとと千佳は悪びれることもなく、いつもの無表情のまま中に入ってきた。白衣ではなく、セーターにスカート姿だった。

近づいた千佳は、さらに保一の予想もしなかった行動を取った。

彼女はいきなり、真樹子の巨乳にすがりついてきたのである。しかし、もう真樹子は驚かず、そのお下げ髪を撫でていた。

「ごめんね、決してお前を忘れたわけじゃないわ」

真樹子が囁き、優しく千佳の額にキスをしていた。

保一は目を丸くし、互いに全裸でいることも忘れて二人の様子を見守っていた。

どうやら二人は師弟というより、レズ関係にあったようだった。それで千佳が二十三になっても処女で、保一との行為にも一切無反応だったことが頷けた。昨日のザーメン採取のとき、挿入しても痛がらなかったのは、女同士でバイブなどの器具を使っていたからかもしれなかった。

「これは大切な研究なのよ。だから千佳も一緒に協力して」

真樹子が諭すように言うと、千佳も小さくこっくりした。

「じゃ、千佳も全部脱いで」

真樹子に言われ、千佳は素直にメガネを外して置き、セーターを脱ぎはじめた。みるみる、千佳の病的に白い肌が露出していった。オッパイはさして大きくなく、その胸元には細かな無数の雀斑があった。

そして昨日、舐めさせてもらった下半身も露わになった。

やがて全裸になった千佳は、真樹子に言われるままベッドに上がり、女二人で保一を挟んで横たわってきた。

「ね、千佳も同じようにして」

真樹子が言い、保一の頬に舌を這わせてきた。

すると千佳も同じように、彼の反対側の頬を舐めはじめた。

昨日もそうだったが、千佳は真樹子の命令さえあれば、男への行為には何ら抵抗を感じないようだった。

保一は、美女二人に左右から愛撫され、ジワジワと回復をはじめていた。

真樹子の成熟した甘い息とは対照的に、濃厚に甘酸っぱい千佳の息の匂いが新鮮で、そのコントラストに保一は酔い痴れた。

保一は、右側にいる千佳の方を向き、可憐な口の匂いを胸いっぱいに吸い込みながら、唇を重ねて舌を差し入れていった。

千佳は避けもせず、保一の動きに合わせてチロチロと舌を動かしてくれた。

保一は、彼女の矯正中の器具の塡まった歯並びをたどり、生温かくトロリと粘つく唾液をすすった。

すると反対側から、真樹子が割り込むように唇を重ね、女二人は同時に保一の唇を貪りはじめた。

4

「ね、いっぱい飲ませてあげて」

真樹子が言いながら、自分も保一の口に唾液を垂らした。

千佳も大量にトロトロと注ぎ込みながら、真樹子と一緒に保一の口の周りを舐め回した。

保一は、夢のような快感と興奮に身悶えた。

口の中で、美女二人の唾液がミックスされ、心地好く喉を潤すのである。しかも二人分だから、いくら飲んでも次が注がれてきた。

混じり合うのは唾液のエキスばかりではない。右の鼻の穴からは千佳の甘酸っぱい吐息が、左の鼻の穴からは真樹子の湿り気ある甘い吐息の匂いが侵入し、ミックスされたフェロモンに肺の奥まで満たされてきた。

さらに二人は顔を寄せ合って、保一のそれぞれの鼻の穴までペロペロと念入りに舐め回してくれた。

そして顔中が縦に半分ずつ、まんべんなく舐め回された。舌を這わせるというより、大量に分泌した唾液を舌で広範囲に塗り付ける感じだった。

保一は顔中をヌルヌルにされ、吐息の匂いばかりでなく、唾液の匂いにもうっとりしながら、ピンピンに勃起したペニスをヒクヒク震わせた。

二人は保一の左右の耳の穴をクチュクチュと舐め、首筋を這い下りて両の乳首に吸いついてきた。真樹子がキュッと歯を立ててくると、千佳も矯正バンドの感触を伝えながら噛みついてきた。

「ああ……」

保一は喘ぎ、甘美な痛みまじりの快感にクネクネと身悶えた。

彼が感じると、真樹子はさらに力を込めて歯を食い込ませ、そうすると千佳も真似して同じようにしてくるのだった。

二人は愛咬を繰り返しながら保一の肌を下の方へとたどってゆき、やがて彼を大股開きにさせて、今度は左右の内腿を舐めたり噛んだりしてきた。

熱い息が徐々に快感の中心に向かってくると、保一は期待に胸を打ち震わせた。ペニスまで噛まれるのではないかというスリルもあったが、何より保一のザーメンを欲しがっている真樹子が、そのようなことをするはずもなかった。

やがて二人が同時に、内腿の付け根から顔をくっつけ合って保一の陰嚢にしゃぶりついてきた。混じり合った熱い息が股間に籠もり、睾丸が一つずつチュッチュッと吸われた。

そして先に真樹子の舌がペニスの裏側を這い上がり、続いて千佳も同じようにした。

「舐めてもらって」

真樹子が言うと、千佳は彼の股間に舌を這わせながら身体だけ反転させ、女上位のシックスナインで保一の顔に上から跨ってきた。

保一は、千佳のワレメを見上げながら両手でその腰を抱き寄せ、顔を埋め込んだ。

乾いた恥毛に鼻を押し当てると、汗の匂いに混じってうっすらとしたチーズ臭が鼻腔を刺激してきた。

保一は舌を這わせ、ピンクの陰唇内部を舐め回した。

すると驚いたことに、内部は溢れんばかりの愛液が満ちていたのだ。昨日はあんなに声ひとつ洩らさずワレメも反応しなかったのだが、やはり尊敬する大好きな真樹子がそばにいるだけで、こうも違うのかもしれない。

彼は愛液をすすり、貪るように膣口からクリトリスまでを舐めた。

そして鼻先でヒクついている可憐な肛門にも舌を這わせ、ほんのり感じられる秘めやかな刺激臭を吸収した。

「ンンッ……！」

亀頭を含んだ千佳が、熱い息を洩らして反応してきた。

そして保一が肛門から膣口、クリトリスまで何度も縦に往復するたび、反射的にチュッと強く亀頭に吸いついてきた。

ペニスは千佳の温かな唾液にどっぷりと浸り、クチュクチュと舌の洗礼を受けて最大限に膨張した。

真樹子は陰嚢を舐め尽くし、そのまま彼の両足を浮かせて肛門に舌を這わせ、ヌルッと内部にまで潜り込ませてきた。

保一は快感に息を詰めながら必死に千佳のワレメを舐め、溢れる愛液で唇を濡らした。

しかし美女二人による、ペニスと肛門へのダブル攻撃にはかなわなかった。

美女二人の熱い息づかいと淫らに動く舌の音が、保一の股間に集中し、彼はペニスを震わせ、肛門を収縮させて喘いだ。

「い、いく……」

とうとう保一は口走り、千佳のワレメから口を離し、大きな快感の渦に巻き込まれてしまった。

同時に、激しい勢いでピュッと射精すると、

「ウ……！」

喉を直撃された千佳が驚いたように呻き、スポンと口を離した。出る原理は知っていても、実際に口内発射されたのは初めてなので、思わず咳込みそうになってしまったのだろう。

「ああん、もったいないわ……！」

真樹子が言い、もう膣内に入れることも間に合わないので、千佳の代わりにパクッと亀頭を含み、余りを吸い取りながら飲み込みはじめた。

真樹子に吸引され、保一は快感に身悶えながら最後の一滴まで絞り出してし

まった。

満足してグッタリとなると、上から千佳が離れ、ようやく真樹子もペニスから口を離して顔を上げた。

千佳は、第一撃を飲み込んでしまったようで、少し気持ち悪そうに眉をひそめていたが真樹子にディープキスされ、すぐに頰の強ばりを解いた。

「ねえ、もっといろいろ欲しいでしょう。来て」

呼吸を整えると、真樹子が保一の手を引っ張って奥のドアに入っていった。

そこにはユニットバスがあった。洗い場はなく、洋式便器が置かれ、脇にバスタブが据えられていた。

保一は、真樹子に言われるまま空のバスタブに入れられ、仰向けになった。

すると真樹子も入り、狭い中に千佳も呼んで入れた。

横たわっているのは保一だけで、真樹子と千佳は彼を跨ぐように向かい合わせに立っていた。

「さあ千佳、オシッコをして。少しは溜まっているでしょう?」

真樹子は言い、自分も下腹に力を入れはじめた。

保一は彼女の意図を察し、射精直後だというのにゾクゾクと胸を震わせた。こうして女性の身体から出るものをもらっている限り、性欲ばかりでなく、気力が充実して無尽蔵の力が湧いてくるようだった。

少し待つうち、先に真樹子のワレメからチョロチョロとオシッコがほとばしってきた。

そしていくらも遅れず、すぐに千佳のワレメからも出てきて、それぞれの放物線が保一の肌を直撃し、温かく濡らしはじめた。

混じり合った匂いが鼻腔を刺激し、それがペニスに伝わってムクムクと回復してきた。

千佳のオシッコはほぼ無色透明だが、多少疲れているのか、真樹子の方は少し色がついていた。

保一は顔を伸ばし、それぞれの流れを舌に受けてみた。

どちらも味は薄いが、独特の匂いが口に広がった。後から放尿したのに千佳の方が先に流れを収め、真樹子の方は延々と続けていた。

保一は心地好いシャワーに全身ビショビショになりながら、肌を打つ感触に酔い、匂いを吸収しながら二人のワレメを舐め回した。

ようやく真樹子の流れも止まり、保一はワレメの内側を念入りに舐め、シズクをすった。

「ああ……、いいわ、もっと舐めるのよ、ポチ……」

真樹子がうっとりと吐息まじりに言い、保一の髪をつかんで自らの股間にグイグイ押しつけてきた。たちまち真樹子のワレメ内部には、白っぽい大量の愛液が溢れ、ヌルヌルと舌の動きを滑らかにした。

真樹子が、気がすんだように保一の顔を股間から離すと、彼は千佳のワレメも念入りに舐めてやった。

その後、真樹子がシャワーの湯を出し、三人で順々に身体を洗い流し、またベッドへと戻っていった。

まだまだ、真樹子は保一を解放してくれないようだった。もうデータなど取る必要はなく、真樹子は彼が新人類だという確信を持って、保一の遺伝子を欲しているのだ。

まあ、解放などされなくても、二人のオシッコを受け、すっかり保一は回復していたから、セックスの続行は望むところだった。

やがて真樹子は千佳に手伝わせて再び保一の全身を愛撫し、三人で熱く燃え上がっていった。

そして最後は、また真樹子と一つになり、彼女の体内で保一は射精したのだった……。

5

「そう、明日帰るの。まあ年末だから仕方ないわね」

貴代子が残念そうに言った。

数日後、保一はいったん三浦市に帰ることを告げたのだった。

やはり年末年始は家で迎えたいし、宿題も気になる。生徒と合宿に行っている叔父は明日帰ってくるようだが、まあ年が明ければまた来るつもりだから、年内は会えなくてもいいだろう。

あれから毎日、保一は研究室に行って真樹子とセックスをし、夜は貴代子とも快楽の限りを尽くしていた。しかし、こんなセックス三昧な日々を送っていても、保一はいっこうに疲労することもなく、しかも同じ相手に飽きることもなかった。

一度帰るというのは、すでに今日、真樹子にも言って許可をもらっていた。それに、さすがに研究一筋の真樹子も、年末年始は三浦市の実家に帰るようだった。

地方ならともかく、新宿から二時間足らずで帰れるのである。

保一は年内の数日を家で過ごし、年が明けたら新学期が始まるまで、また少しの間上京しようと思った。

やがて最後の夜、貴代子がご馳走を作ってくれ、二人で夕食を終えた。

保一は自分だけ入浴を終えており、もちろん貴代子は入らずにそのまま、二人で寝室のベッドに入った。

互いに全裸で、すぐに貴代子が仰向けの保一に上からのしかかってきた。

「保一さんのこと、可愛くて仕方がないの。また必ず、年が明けたら来るのよ」

貴代子が甘い息で熱っぽく囁き、ピッタリと唇を重ねてきた。

唾液に濡れ、ぽってりとした唇が密着し、ヌルッと舌が伸びてきた。貴代子の長い舌が保一の口の中を隅々まで慈しむように舐め回してから、そのまま彼の鼻の頭から額まで、ゆっくりペローリと舐め上げていった。

さらに保一の顔全体に狂おしいキスの雨を降らせ、たちまち保一は美しい叔母の吐息と唾液のかぐわしい匂いに包み込まれ、顔がヌルヌルになってしまった。

そして貴代子は保一の顔を抱え込んで腕枕しながら、巨乳をグイグイと彼の顔に押し付けてきた。

保一も乳首に吸いつき、心地好い窒息感の中、貴代子の肌から発する熟れたフェロモンを胸いっぱいに嗅ぎながら懸命に舌を這わせた。

「ああ……」

貴代子が熱く喘ぎ、彼の頭を撫でながらもう片方も密着させてきた。

保一は両の乳首を交互に含んで吸いながら、徐々に彼女を仰向けにさせ、その豊満な柔肌にのしかかっていった。

巨乳の谷間に顔を埋めて、ほんのりした汗の匂いを吸い込み、腋の下にも移動して色っぽい腋毛に鼻をこすりつけ、甘ったるい体臭を心ゆくまで吸収した。

柔肌を下降し、形よいオヘソにも舌を差し入れてクチュクチュ舐め、骨の感じられない柔らかな腹部にうっとりと頬を押し当てた。耳を当てると、時たま腸の動く音が聞こえる。

保一はさらに腰から太腿に移動し、貴代子の足の裏にも舌を這わせていった。

今日も一日、家事や買い物で動きまわった貴代子の足は汗と脂に湿り気を帯び、指の股には懐かしいような酸性の匂いがほのかに染みついていた。

保一は全ての足指をしゃぶり、指の股を舐め、両足とも味わい尽くしてから脚の内側を舐め上げてゆき、ようやく叔母の神秘の中心に顔を寄せた。

色白の肌をバックに黒々とした恥毛が震え、ワレメは早くも熱い愛液が溢れてヌルヌルと潤っていた。

顔を恥毛に埋め込み、貴代子の悩ましい匂いを嗅ぎながら、保一はワレメに舌を這わせた。表面を味わい、徐々に内部へと潜り込ませ、柔らかな陰唇をしゃぶってから、奥の膣口に浅く差し入れ、ゆっくりとクリトリスまで舐め上げていった。

「アア……、いい気持ち……」

貴代子がうっとりと喘ぎ、量感ある内腿でムッチリと保一の両頬を締めつけてきた。

保一が執拗にクリトリスを貪るうち、貴代子は何度か彼の顔を挟みつけたままガクガクと股間を跳ね上げた。もう何度か、オルガスムスの小さな波が押し寄せているのかもしれない。

そして一段落して内腿の締め付ける力が弱まると、その隙に保一は彼女の両足を抱え上げ、色っぽい豊かなお尻の谷間に迫っていった。

「ね、自分で開いて見せて」

言うと、貴代子は両足を浮かせたまま左右から手を伸ばし、グイッとお尻の谷間を広げてピンクの可憐な肛門を丸見えにさせてくれた。彼女自らが開いてくれるのは、何とも艶めかしく淫らな眺めだった。

保一は顔を進め、全開にされているため襞がピンと伸びきって滑らかな粘膜を見せている肛門に鼻を当てた。

感じられるのは、ほんのりした汗の匂いだけで、それでも舌を這わせると微妙に甘苦い味覚と、ヌルッとした感触が得られた。

保一は張り詰めた襞を舐め回し、充分にヌメらせてから奥にまで舌先を押し込み、クチュクチュと念入りに愛撫した。

「く……んん……」

貴代子が息を詰めて呻き、保一の舌をキュッキュッと肛門で丸く締めつけてきた。

保一が味わっていると、その鼻先に大量の愛液が溢れてトロトロと伝い流れてきた。

「アアッ！　気持ちいい。指、入れて……」

貴代子が声を上ずらせて口走ると、保一も舌を引き抜き、右手の人差し指をズブズブと肛門に押し込んでいった。

指は根元まで滑らかに呑み込まれてゆき、痺れるほどきつく締め付けられた。

やがて貴代子の両足を下ろさせ、保一は親指も膣口に差し入れ、二本の指で膣と直腸の間のお肉をつまんでみた。その部分は案外薄く、それぞれの指の蠢きが伝わってくるようだった。

前後の穴を刺激しながら、さらに保一がクリトリスに舌を這いまわらせると、

「あう……、い、いっちゃう……！」

貴代子が全身を反り返らせ、口走りながらヒクヒクと痙攣した。

保一は舌の根や指が痺れるまで愛撫し続け、やがて貴代子の狂おしい痙攣が終わると、ようやく顔を上げて指を引き抜いた。

大量の愛液がツツーッと糸を引き、指で拡散されて白っぽい小泡混じりになって陰唇を彩っていた。

やがて保一は仰向けになり、貴代子の肛門に潜り込んでいた人差し指を嗅ぎ、ほんのりした生々しい刺激臭に激しく興奮した。

貴代子も、まだ呼吸を荒く繰り返したまま身を起こし、再び上から保一にディープキスをし、首筋から胸、鼻を舐め下り、時にはキュッと歯を食い込ませながら、とうとう股間へと達した。

両手で包み込むように幹を支え、熱い息を吹きつけながら、ピンピンに張り詰めた先端に激しく舌を這わせてきた。まるでネコ科のしなやかな猛獣が、骨片でも前足で押さえつけてかじっているような感じだった。

たちまち亀頭は唾液にまみれて鈍い光沢を放ち、貴代子は幹を舐め下りて陰嚢をしゃぶり、さらに自分がされたように保一の肛門まで念入りに舐め回してきた。

前も後ろも、美女の熱い息と唾液の洗礼を受け、保一は急激に高まっていった。

貴代子は保一の内腿も、大きく開いた口で肉をくわえてモグモグと噛んでから、再び先端に戻って、今度はスッポリと喉の奥まで呑み込んできた。

「ああ……」

保一は快感に喘ぎ、貴代子の口の中で、温かく唾液にまみれたペニスをヒクヒクと震わせた。

貴代子は上気した頬をすぼめて強く吸いながら、内部で激しく舌を蠢かせて唇を丸く引き締めた。

そして吸引しながら顔を上下させ、スポスポと唇で摩擦してきた。

溢れた唾液が幹を伝って陰嚢から内腿まで温かくヌメらせ、保一は今にも果てそうなほどクネクネと快感に身悶えた。

しかし貴代子も彼の絶頂が近いことを察し、間もなくチュパッと口を離し、身を起こして忙しげに保一の股間に跨ってきた。

片膝を突いて股間を沈め、幹に指を添えて先端を膣口に押し当ててくる。

そのままペニスを受け入れながらゆっくりと座り込み、やがて完全にピッタリと股間同士を密着させた。

「アア……、いい気持ち……」

貴代子が顔を上向けて目を閉じ、うっとりと言った。

やはり指と舌によるオルガスムスと、こうして一つになって味わう快感はまた別物のようだった。

保一もまた、すぐに果ててはもったいないという思いで必死に耐え、貴代子の熱く柔らかな感触を味わいながらじっとしていた。

貴代子が、腰を上下させてリズミカルに動くと、ヌルッとした内壁がペニス全体を心地良く摩擦してきた。

「い、いく……、ああッ！」

たちまち貴代子が絶頂に達し、巨乳を揺すりながらガクンガクンと全身を波打たせた。

同時に膣内が悩ましい蠢動を繰り返し、堪らずに保一も昇りつめ、下からズンズンと股間を突き上げてリズムを合わせた。

そして激しい勢いで射精し、最後の一滴まで絞り尽くすと、貴代子も力尽きたように身を重ねてきた。保一は、美しい叔母の甘い吐息を間近に感じながら、溶けてしまいそうな余韻に浸り込んでいった。

第六章　先生のすべてを

1

「よかった。クリスマスは無理だったけど年内のうちに会えて」

祐美が言う。彼女の部屋だった。

もう年も押し詰まり、今年も残すところあと数日だった。

保一は昨夕帰宅し、今日になってすぐ祐美に電話したのである。

しかし祐美は、今日は友人と横須賀にスケートをしに行き、会えたのは彼女が帰ってきた午後三時すぎだった。

まだスケートの名残で、頬が赤くなっている。

保一は我慢できず、ろくに話もしないまま彼女を抱き寄せ、ピッタリと唇を重ねてしまった。

「ンン……」

祐美は小さく声を洩らし、それでも侵入する保一の舌を受け入れて前歯を開いた。

美少女の口の中は、甘酸っぱく懐かしい芳香に満ち満ちていた。千佳ほど匂いが濃くないのは物足りないくらいだが、生暖かく湿り気を含んだ果実臭は、うっとりと保一の胸を酔わせ、刺激がペニスに伝わってきた。

保一は舌をからめ、祐美の温かく甘い唾液を貪りながら、セーターの胸に手のひらを這わせていった。

「ク……！」

刺激に反応した祐美が息を詰め、反射的にチュッと強く保一の舌に吸いついてきた。

保一は、執拗に唇を押し付けながら、そろそろとセーターをたぐり、内部にも手を潜り込ませていった。

「ま、待って……」

祐美が口を離し、身体を縮めた。

「お願い、今日だけは先にお風呂に入れさせて……」

必死の口調で言う。

どうやらスケートをして帰ってきたばかりで、かなり肌が汗ばんでいるのだろう。あるいは外で大きい方の用でも足したのかもしれない。どうせ保一のことだ。身体中隅々まで舐めると思っているのだろう。

「ダメ、今のままの君が欲しい」

保一は言い、強引にセーターを脱がそうと手を伸ばした。

しかし祐美は激しく抵抗し、涙ぐんでいやいやをした。

「ううん、仕方ないな。それなら僕も一緒に入る。それでいいかい？　どうせ夜まで誰も帰ってこないだろう？」

「う、うん……、どうしてもって言うんなら、それでもいい……」

ようやく祐美も、譲歩したように言って立ち上がった。

二人で階下に降りると、祐美が脱衣室に行く前にトイレに入ろうとした。

その腕をつかみ、保一は彼女を脱衣室に引っ張り込んでしまった。

「あん、何するの……。トイレぐらい行かせて……」

「いや、バスルームですするといい。見てみたいんだ」

「そんなのイヤ……！」

祐美が驚いたように言ったが、保一は無理やり祐美の服を脱がせて、自分も全裸になった。

途中から祐美も諦めたように一糸まとわぬ姿になり、保一に引っ張られるままバスルームに入った。最後まで我慢してしまう気なのかもしれない。

中に入ると、もうバスタブにはお湯がためられていた。帰宅した時、祐美がすぐにお湯張りのボタンを押しておいたのだろう。

祐美は身体を縮め、すぐにしゃがみ込んでシャワーの湯を出そうとした。

それを保一が押し止め、まだ湯に濡れていない祐美の身体を抱きすくめた。

「あん、ダメ……」

「じっとしてて」

保一は言い、バスマットに座ったまま祐美の可愛らしい乳首に吸いついた。なるほど、身体中がジットリ汗ばんで、赤ん坊のように甘ったるい体臭が濃く染みついていた。

両の乳首を交互に含んで舌で転がし、そのまま祐美の腋の下まで顔を潜り込ませる。

「ああん！」

祐美が声を上げ、ビクッと腕を縮込めた。

保一は、汗ばんだツルツルの腋の窪みに鼻を埋め込み、美少女のフェロモンを胸いっぱいに吸い込みながら舌を這わせた。そして匂いも味も消え去ると、もう片方の腋にも同じようにし、新鮮な匂いを貪った。

さらに祐美をバスマットに座らせ、足を片方ずつつかんで浮かせ、足の裏と指の股にも鼻を押し付けてしゃぶった。

「ダメ、お願いだからやめて……」

祐美は今にもベソをかきそうなほど、か細い声を震わせて言ったが、力いっぱい抵抗するようなことはなかった。むしろ強引な愛撫を受けるうち、次第にぐんにゃりと力が抜けていくようだった。

指の股にも、ムレムレになった足の匂いがタップリと籠もり、保一は夢中になって鼻腔を満たし、ほのかにしょっぱい味を舐め尽くした。

そしていよいよ、祐美をバスマットに仰向けに押し倒しながら、ムチムチと張りのある内腿の間に顔を潜り込ませていった。

「ほ、本当にそこだけはやめて……」

祐美が激しくいやいやをし、懸命に脚を閉じようとした。

「大丈夫、じっとしてて」

何が大丈夫か分からないが、保一は強引に顔を進め、初々しくぷっくりしたワレメに唇を押し当てた。

「ああん……！」

祐美が声を上げて暴れたが、保一は若草に鼻をこすりつけ、うっとりするほど濃厚な思春期フェロモンを胸いっぱいに嗅いだ。甘ったるい汗の匂いと、甘酸っぱいような残尿や恥垢臭が入り混じり、熱気と湿り気で蒸れた芳香だった。

保一は執拗に鼻を鳴らして吸い込み、ワレメ内部に舌を潜り込ませていった。

陰唇の内側はベットリと濡れ、粘つく愛液が湧き出していた。

膣口を舐め回し、クリトリスを舌先で弾くように刺激しながら、さらに保一は彼女の両足を浮かせてオシメを替えるスタイルにさせた。

可愛いお尻の谷間に鼻を割り込ませて押しつけると、やはりピンクのツボミには秘めやかな刺激臭が籠もっていた。

「いい匂い」

「やあん！　うそ……！」

祐美は顔を覆って声を震わせ、ヒクヒクと肛門を震わせて喘いだ。

保一は細かな襞をたどり、唾液に濡らしてから中心部にヌルッと舌先を押し込んだ。

「あう！」

祐美が呻き、キュッと肛門を締めつけてきたが、保一は悠々と舐め回し、内部を掻き回すようにクチュクチュと蠢かせた。

そして肛門から舌を抜き、すっかり新たな蜜の溢れたワレメ内部を舐め尽くすと、ようやく保一も気がすんで、祐美を引き起こしてやった。

「さあ、立って」

フラつく祐美を無理に立ち上がらせ、片方の脚を浮かせてバスタブの縁に置かせた。

「な、何するの……」

祐美が、壁に手を突いて身体を支えながら不安げに言った。

「オシッコしてみて」

保一は、バスマットに腰を下ろしたまま、大きく開かれた祐美の股間に顔を寄せながら言った。

「ええっ？　ダメよ、そんなこと……」

「だって、出したいだろう？」

「でも、こんな格好で……、それにかかっちゃうわ」

「いいよ。出るところを近くで見てみたいんだ」

保一は、激しく勃起しながら執拗に求めた。

祐美はさんざん迷っていたが、尿意の高まりを意識したのか、もう後戻りできないほど膝をガクガク震わせてきた。

「ほ、本当にいいの……？」

「うん、して」

「本当にするわよ……」

祐美は何度も何度も念を押し、ためらいながらもようやく下腹に力を入れはじめた。

そして、いくらも待たないうち、可愛いワレメからチョロッとオシッコがほとばしってきた。

「あん……」

祐美は慌てて止めようとしたようだが、チョロチョロと勢いが増し、もう止まらなくなっていた。ゆるやかな放物線を描いたそれは、保一の胸を心地好く直撃し、温かく肌を伝い流れた。ふんわりとした香りが揺らめき、屹立したペニスまでどっぷりと浸してきた。

2

クラスのアイドルの、立ったままのオシッコ姿をこんな間近で見ることができるのは、自分だけだろう、と保一は誇らしげな気持ちで観察した。

主流の勢いは激しく、耳を澄ませるとシューッと尿道口から噴出する音まで聞き取ることができた。支流は幾筋にも分かれて内腿に伝ったり、お尻の方にまで回ってポタポタ滴ったりした。

とうとう我慢できず、勢いのあるうちに保一は祐美の腰を抱えて押さえ、ワレメに口をつけてしまった。

「やん、ダメよ！」

祐美が驚いたように言い、クネクネと腰をよじったが、流れは止まらなかった。

保一は舌に受け、ワレメから直接受け止めて味わってみた。

愛らしい匂いは濃く口の中に広がってくるが、味そのものは淡く、すんなりと喉を通過してしまった。むしろ今まで経験した誰よりも薄味だったが、若いからか温度はいちばん高い感じがした。

「ああん、バカ……」

祐美は、今にも座り込みそうなほど足をガクガクさせ、とうとう最後まで出しきった。

保一は味わい尽くし、ビショビショのワレメに舌を這わせて余りのシズクまですすった。

たちまち大量の愛液が溢れて、舐め回す舌がヌルヌルと滑るほどになってきた。

やがて保一が満足して顔を離すと、祐美が力尽きてクタクタと座り込んだ。

「どうして、あんなの飲んだりするの……」

祐美が、まだ信じられないというふうにハアハア息を弾ませて言った。

「うん、冗談だったんだけど、まさか本当に出すとは思わなかったんだ」

「ひどいわ！」

とうとう祐美が泣き出してしまった。

「あ、嘘だよ。ごめん……」

保一は祐美をなだめ、何とか二人交互にバスタブに浸かって身体を洗った。

そしてバスルームを出て身体を拭き、また全裸のまま急いで二階の部屋に戻る頃には、徐々に祐美の機嫌も直ってきた。

「もうポチなんか絶対に許さない」

祐美が愛らしく睨みつけ、ベッドに仰向けになった保一に上からのしかかってきた。

唇を重ね、保一の唇にキュッと嚙み付いてくる。もちろん本気ではなく、甘く嚙んで甘酸っぱい息を弾ませている。

「ね、ツバ出して……」

「いやよ。もう何も言うことときかない」

「顔にもかけて」

「絶対にイヤ!」

言いながらも、祐美は生温かい唾液の塊をクチュッと口移しに垂らしてくれ、保一は感激にうっとりと酔い痴れながら飲み込んだ。

さらに祐美は愛らしい唇をすぼめて、何度もペッと顔にも吐きかけてくれた。

保一は顔中をヌルヌルにされ、美処女の唾液と吐息に包まれて高まった。

祐美は彼の乳首を舐め、たまに噛み、ぎこちないながら懸命に愛撫しながら徐々に下腹を下降していった。やがて、大きく開いた保一の股間に腹這いになって、ペニスに熱い息を吐きかけてきた。

先に陰嚢に舌を這わせ、ペロペロとしゃぶったり睾丸に吸いついて引っ張ったりした。

そして充分に陰嚢を舐め尽くすと、幹の付け根から裏側をゆっくりと舐め上げてきた。

「ああ……」

保一も完全に受け身になり、祐美に身を任せて喘いだ。

先端までペロッと舐めると、祐美は張り詰めた亀頭を、ソフトクリームのように舐め回し、尿道口から滲む粘液を丁寧に舌先で拭い取った。

「ね、噛んだらダメ?」

「そ、そこだけはダメだよ……」

「少しだけ」

祐美は執拗に言い、上からスッポリと喉の奥まで含み込んできた。

そして深々と頬張りながら、付け根近くの幹を軽く歯で挟んだ。

「く……」

微妙な刺激に、思わず保一は息を詰めて呻いた。

噛まれるというのではなく、歯が当たるという程度で、その感覚はゾクゾクと震えが走るほど心地好かった。何よりも、美少女の口に含まれているという実感が、歯の感触によって強調された。

祐美は誰に教わるでもなく、その微妙なタッチで徐々に根元から中ほど、先端に向かって移動してきた。保一自身は、祐美の唾液に温かくまみれながら、小刻みに噛まれる感覚の中で激しく高まっていった。

やがて祐美は亀頭を吸い、さすがにその部分には歯を当てず、内部でヌラヌラと舌を蠢かせてくれた。

「い、いきそう……」

降参するように保一が口走ると、祐美はスポンと亀頭から口を離した。

「ね、どんなふうにいきたい？」

祐美が、股間から無邪気な眼差しで訊いてきた。

「入れてもいい？」

「うん。私が上でいい？」

祐美が這い上がって、好奇心に満ちた顔で保一の股間を跨いだ。

そして先端をワレメに押し当て、ゆっくりと座り込んできた。挿入ももう三度目だ。それほど痛みもないのだろう。

「ああッ……！」

むしろ気持ちよさに目覚めたように、祐美がうっとりとした表情で喘いだ。

ヌルヌルッと貫かれながら完全に祐美は腰を沈め、股間がピッタリと密着し合った。

保一も、熱くヌメった柔肉に深々と包み込まれ、心ゆくまで美少女の感触と温もりを味わった。

保一が何度か下からズンズンと股間を突き上げると、やがて上体を起こしていられなくなったように祐美が身を重ねてきた。

「痛くないかい？」

「うん……、気持ちいい……」

急激な進歩で性感を目覚めさせた祐美は頷き、保一の突き上げるリズムに合わせて自分も小刻みに腰を動かしはじめた。

「ああッ……、なんか、変……」

祐美が声を上ずらせて口走り、その忙しい息遣いの合間に、クチュクチュいう淫らな摩擦音も聞こえてきた。

徐々に、膣感覚によるオルガスムスの兆候が現われはじめたのだろうか。

保一も美少女の体重を受け止めながら律動を続け、たちまち大きな絶頂快感に全身を貫かれてしまった。

「く……！」

短く呻き、保一は激しい快感に身悶えながら股間を突き上げ、祐美の内部でドクンドクンと大量のザーメンをほとばしらせた。

「あん、感じる……！」

祐美が、内部に脈打つザーメンの熱さを感じ取ったように言い、キュッキュッと膣口を締めつけてきた。挿入されてのオルガスムスまではもう一歩だが、それは時間の問題だろう。

保一は、最後まで出しきり、深々と突き上げたところで動きを止めた。そして身を重ねている祐美の、甘酸っぱい息を嗅ぎながら余韻に浸った。

入ったままのペニスが、断続的にキュッと締め上げられ、ダメ押しの快感が得られた。

3

「それで、彼女のところではどんな検査をしたの？」

悦子先生が言う。

彼女のアパートである。保一が戻ってきた報告の電話を入れると、すぐ呼び出されたのだ。明日は大晦日だから、明日には悦子先生も実家へ帰るらしく、年内に会えるのは今日しかなかったのだ。

「ええ、通常のスポーツテストや身体測定、それと知能検査」

「それから？」

「血液検査に尿検査、そして精液も採られた」

「どんなふうに出したの？」

気になるように、悦子先生が訊いてきた。真樹子からは、たいして詳しいメールは届いていないのだろう。

「もちろん誰もいない部屋で、自分でオナニーしただけ」

「そう……、それで結果は？」

「たぶん、人間の進化に関わるほどの特異体質で、一種の新人類かもしれないって」

保一も、真樹子との淫らな行為以外は極力正直に答えた。

「やっぱり……、それで、どうするって？　ううん、宗方くんはどうする気なの」

「今のまま、普通に過ごしていたいと思ってます」

「そうね。それがいいわ」

悦子先生も納得してくれた。

今度は、保一が質問する番だ。

「真樹子博士って、どうして医大の中で孤立した感じなんですか？」

「かなり、風変わりだから……」

「どんなふうに？」

「研究のためには何でもするし、解剖実習を何度も繰り返して気味悪がられてるみたい」

なるほど、宗方理論への思い入れで、保一の子を妊娠したいとまで言った真樹子だ。一種のマッドサイエンティストのような雰囲気がある。

それよりも保一は、久しぶりに会った悦子にムラムラと欲情してしまった。

彼女もまた、保一をアパートへ呼んだ以上、求めれば拒まないだろう。

保一は立ち上がり、悦子先生の手を握ってベッドへと引っ張った。

「なに、宗方くん……」

「いいから来て」

保一が積極的に言うと、彼女も仕方なくといった感じで立ち上がり、一緒に並んでベッドの端に腰を下ろした。

そのまま保一は甘えるようにセーターの胸に顔を埋めたが、すぐに悦子先生は突き放してきた。

「待って、先に脱いで……」

悦子先生が静かに言う。やはり、彼女もすっかりする気になっているようだった。

保一は、彼女がセーターを脱ぎはじめるのを見て、自分も手早く服を脱いだ。

ブリーフまで脱ぎ捨てて先に全裸になり、悦子先生の匂いがタップリ染みついたベッドに仰向けになって待った。

悦子先生も背を向けたまま最後の一枚を引き下ろした。

白く滑らかな背中と、形よく色っぽいお尻が露出した。長い黒髪も真樹子に似て、後ろ姿だと紛らわしいほどだった。

やがて悦子先生が向き直って添い寝してきたが、半身起こしたまま保一の身体に視線を止めた。

「すごいわ。前と違っている……」

「え？」

「ほら、胸もおなかも筋肉が発達しているし、これも、前より太くて大きいわ……」

「どんどん成長しているんでしょうか」

保一は答えたが、東京で三人の女性のフェロモンや体液を吸収してきたからだとは言えなかった。

保一は再び、甘えるように悦子先生に腕枕してもらい、張りのあるオッパイに顔を埋めた。乳首を含んで吸い、もう片方にも手のひらを這わせると、

「あぁッ……！」

彼女は、すぐにも熱く喘ぎはじめた。

こうなることを期待していたのか、おそらく悦子先生は保一を電話で呼び出した時から緊張し、汗ばんでいたのだろう。

保一は両の乳首を含み、舌で転がしてから、さっそく腋の下に顔を埋め込んでいった。

「いい匂い」

「あッ、ダメ……！」

悦子先生が気づいたようにビクッと肌を強ばらせ、声を上げた。

しかし保一はシッカリとしがみつき、美人教師の甘ったるい汗の匂いを心ゆくまで吸収していた。

舌を這わせると、うっすらとした剃り跡の感触があり、悦子先生はくすぐったそうにクネクネと悶えながら、きつく保一の顔を抱きすくめてきた。あまりに強く抱かれ、保一は腋で窒息しそうになりながら、ようやく這い出して顔を上げた。

すると、すぐ近くに悦子先生の顔があり、彼女の方からピッタリと唇を重ねてきた。

「ンンッ……！」

彼女は熱く甘い息を弾ませて舌を伸ばし、貪るように保一の口の中を舐め回してきた。

保一も、湿り気あるかぐわしい息の匂いにうっとりしながら舌をからめ、綺麗な先生の唾液を吸い、弾力ある唇の感触を味わった。

「もっと出して……」

密着する力がゆるむと、保一は口を触れ合わせたまま囁いた。

悦子先生も、すぐに口移しに唾液をトロリと注ぎ込んでくれ、保一はネットリとした甘いシロップで心地好く喉を潤した。

互いの口の中を舐め合い、舌を吸い合ってから双方の舌が引っ込むと、保一は悦子先生の開かれた口の中に鼻を潜り込ませてしまった。

彼女も、保一の鼻の穴にヌラリと舌を這わせてくれ、そっと歯を当ててきたりした。

酸素に、微妙な量の二酸化炭素を入り混じらせた悦子先生の吐息は、何とも上品でかぐわしく、保一はこのまま彼女の口の中に身体ごと潜り込んでいきたかった。

身体をくっつけているから、保一の強ばりを肌に感じたのだろう。すぐに悦子先生が手を伸ばし、やんわりと握ってきてくれた。

ほんのり汗ばんで柔らかな手のひらに包み込まれると、保一は彼女の口から顔を離して仰向けになった。

悦子先生がすぐに上になり、彼の額や頬にキスをし、唾液を塗りつけるように顔全体に舌を這わせてから、首筋を舐め下りて胸にも吸いついてきた。

乳首を舐めてから、まっすぐに舌で這い下り、やがてペニスが悦子先生の口にパクッと捕らえられた。

「ああ……」

保一は快感に喘ぎ、彼女の口の中で唾液にまみれた肉棒をヒクヒク震わせた。

悦子先生は熱い口の中でクチュクチュと舌を這わせ、喉の奥まで呑み込んでは強く吸いながら引き抜いてくれた。

さらに陰嚢にもしゃぶりつき、脚を浮かせて肛門まで舐め回してくれた。

「せ、先生、僕にも……」

保一がせがみ、彼女の下半身を求めた。

悦子先生も、深々と含みながら身を反転させてきた。やがて仰向けの保一の顔を上から跨ぎ、女上位のシックスナインの体勢になった。

保一の目の前に美人先生の股間とお尻が迫った。

彼はムッチリとした両腿に口づけし、その滑らかさと弾力を味わいながら、中心部に舌を伸ばしていった。

わずかに開いたワレメからはピンクのお肉が覗き、ヌラヌラと白っぽい愛液が溢れはじめていた。すぐその上の、豊かなお尻の谷間にも、可憐な桜色の肛門が覗き、恥ずかしげに閉じられていた。

保一はワレメを舐め、溢れる愛液をすすった。

下の方に潜り込み、クリトリスを舐め、恥毛にも鼻を埋めて悦子先生のナマの匂いを胸いっぱいに嗅いだ。

「ク……ンン……！」

喉の奥まで含みながら悦子先生が呻き、お尻を色っぽくクネクネさせた。亀頭が強く吸い上げられ、陰嚢に熱い息がかかった。

保一は伸び上がり、悦子先生のお尻の穴も舐め回した。細かな襞の蠢く舌触りが心地好く、保一はヌルッと内側にも舌先を潜り込ませて味わった。

しかしいくら嗅いでも、やはり淡い汗の匂いだけで物足りず、保一は内部を執拗にクチュクチュと舐め回してから口を離し、唾液でヌメった肛門にズブズブと人差し指を押し込んでいった。

堪らず悦子先生がペニスから口を離して喘ぎ、拒むように肛門をきつく締めつけてきた。

「い、いや、ダメ……！」

しかし唾液の潤滑油に、指は根元まで潜り込んでしまい、保一は指先でクネクネと内壁を探った。中は、ヌルッとした部分とベタつくような感触と、場所によって様々だった。

「お願い、抜いて……」

悦子先生が必死に言い、ようやく保一も引き抜いてやった。

指に汚れは付着しておらず、爪にも曇りはなかったが、嗅いでみるとほんのりした刺激臭があって保一は激しく高まり、急角度に勃起したペニスでトントンと彼女の鼻先をノックした。

「まだお尻が痛いわ。いじわるね……」

彼女が恨みがましく言うが、もう保一は我慢できずに身を起こし、仰向けにした悦子先生にのしかかり、正常位で一気に挿入していった。

4

「ああーッ……！」

深々と貫かれ、悦子先生が身を反らせて喘いだ。

保一は、熱く濡れた膣内のヌルヌルする感触に包み込まれ、身を重ねてうっとりと快感を味わった。

彼女も下からシッカリと両手を回してしがみつき、保一の動きを待たずに下からズンズンと股間を突き上げてきた。柔らかな恥毛がシャリシャリとこすられ、恥骨の膨らみもコリコリと伝わってきた。

やがて保一も激しく腰を突き動かしはじめ、美女の弾む肉体に全身を預けた。

「い、いっちゃう……！」

悦子先生が、保一の身体を持ち上げるほど激しく身を反り返らせて口走った。同時に膣内も絶頂の収縮を開始し、ペニスを奥へ奥へと引き込むような蠢動と痙攣が起きた。

しかし保一は絶頂をこらえ、動きながらも懸命に彼女の絶頂の波が治まるのを待った。

「アア……」

ようやく痙攣が止み、悦子先生は声を洩らしながら徐々に全身の硬直を解いていった。

オルガスムスの過ぎた直後の、欲も得もなく、全ての力が抜けきった表情が何とも色っぽかった。

やがて保一は動きを止め、勃起したままのペニスを引き抜きながら彼女の両足を抱え上げていった。そして唾液に滑っている肛門に、愛液にまみれた亀頭の先端を押し当て、ゆっくりと挿入していった。

「あう! な、何するの……!」

悦子先生が夢から覚めたように声を上げたが、力が抜けきっていたためペニスは容易にヌルッと潜り込んでしまった。いちばん太い亀頭が入ると、肛門の襞がピンと伸びきって血の気を失い、今にもピリッと裂けそうなほど光沢を持って張り詰めた。

亀頭が入ると、あとは抵抗もなくズブズブと根元まで貫くことができた。

膣内とはまた違った感触を味わい、保一は股間を押し付けて急激に高まっていった。下腹に当たって弾むお尻の丸みが心地よかった。

そして様子を探るように小刻みに律動をはじめ、悦子先生のお尻の処女を征服した感激に、次第に動きがリズミカルになっていった。

「い、いや……、やめて……！」

苦痛に顔をしかめ、悦子先生が必死に両手を突っ張って哀願した。

しかし保一は、きつく締め付けられる感触と滑らかな摩擦に、とうとう絶頂の快感に貫かれてしまった。

ドクンドクンと熱い大量のザーメンが噴出し、それが内部に満ちてくると動きもヌラヌラと多少スムーズになってきた。

やがて最後の一滴まで放出し、保一は動きを止めた。

そのまま充分に余韻を味わってから、そろそろと腰を引いて抜いていくと、

「くっ……！」

悦子先生が眉をひそめて呻き、まるで排泄するようにモグモグと肛門を収縮させた。

引っ張らなくても、ペニスは直腸の内圧で押し出され、ツルッと引き離れた。

「ああ……」

ようやく安堵したように悦子先生が息を吐いたが、まだ異物感と痛みが残っているように、鳥肌を立てながら震え、身体を丸めてしまった。

それでも肛門を覗き込んで観察すると、レモンの先のようにわずかに突き出た肛門は、襞の裂傷も認められず徐々に元の可憐なツボミに戻っていった。

保一は安心して、添い寝してあらためて余韻に浸ろうとしたが、悦子先生が起き上がって足早に部屋を出ていった。

保一もベッドを下りて全裸のまま追い、トイレに入ろうとする彼女の腕をつかんで引き戻し、一緒にバスルームに入ってしまった。

「離して……！」

「ね、先生、お願い。僕の上にしてみて」

保一はタイルの床に仰向けになり、強引に彼女を跨がせて、逃げられないよう両足首をシッカリとつかんだ。

「さあ離して。お願いよ、トイレに行かせて……」

悦子先生も必死にもがいたが、保一も、射精直後なのにムクムクと回復しながら彼女の身体から出るものを求めた。

「ああ……、ダメよ……」

とうとう限界がきたように、悦子先生が切なげな声を洩らし、力を抜いた。

同時に保一を跨いだワレメからチョロチョロとオシッコが漏れ、彼の胸を温かく濡らしてきた。

保一はうっとりと受け止め、漂う匂いに酔い痴れた。

さらに伸び上がって流れを舌に受け、淡い味わいの液体で喉を潤した。

しかし放尿の方はすぐに収まり、あとはワレメからポタポタとシズクが彼の胸に滴るだけだった。

「さあ、もう気がすんだでしょう。離して」

悦子先生が、小さな声だが切羽詰まった口調で言った。

「ダメ、このままで出してみて」

保一は、跨いでいる彼女の両足首から手を離さずに言った。

アナルセックス初体験の直後、急いでトイレに入ろうとしたのだから、オシッコだけではないはずだった。痛みと違和感に刺激され、たちまち大きい方を催してしまったに違いなかった。

「お願い、それだけは許して……」

悦子先生も必死に哀願した。

「だって、先生の全てが見たいし、欲しいんだ」

保一も執拗に離さず、ドキドキと胸を高鳴らせてその時を待った。

ワレメの下、お尻の谷間を覗いてみると、やはり肛門はヒクヒクと悩ましげに震え、突き出たり引っ込んだり、せわしげな収縮を繰り返していた。

突き出る時には襞が伸びきって、内側のヌルッとした粘膜がわずかに覗き、様々な表情があって見ていて飽きないほどだった。

「そんなことしたら、私は生きていけないわ……」

「大丈夫。僕が望むことなんだから、先生は気にしないで」

「できないわ。どうしても……」

そうは言いながら、もう限界が近いようだった。

通常ならば我慢しきれるだろうし、また人前では出なくなってしまうだろうが、今は普通の状態ではない。今も内部に異物感が残る感覚が続き、それを排出するために腸が躍動を開始しているのだろう。

その蠢く音も、微かに悦子先生の下腹から聞こえていた。

「手を離して。でないと私、宗方くんのことを嫌いになるわよ……」

悦子先生が、必死の面持ちで切り札を出すように言った。その声も、もう低く絞り出すように苦しげで、脂汗の滲んだ額に、乱れた黒髪が数本貼りついていた。

「いいよ、それでも」

保一が言うと、

「ああッ……！」

彼が、どうあっても手を離さないと悟り、悦子先生の口からは諦めの吐息が洩れた。

同時に、力もゆるんでしまったのだろう。

みるみるピンクの肛門が膨れあがり、やや軟らかめのものが、妙なる音響と香りとともに保一の胸に排出されてきた。

保一は歓喜と恍惚に包まれ、射精してしまいそうな快感の中で身悶えた。

5

——年が明けた。そして正月の二日に、保一は悦子先生の呼び出しで、彼女のアパートではなく、前に試合した伯父の道場に招かれた。

夕方行くと、道場では身内だけで新年会をしていた。和服姿の悦子先生ばかりでなく、道場主であろう悦子先生の伯父や、なんと帰省している真樹子までいた。そう、ここは悦子先生が通っている伯父の道場であると同時に、真樹子の実家でもあるのだ。

「やあ、いらっしゃい。どうしてもお目にかかりたくてね」

道場主、六十代くらいの真樹子の父親が笑顔で言った。

保一は挨拶をし、末席に座らせてもらい料理を前にした。

「紹介するわ。わたしの弟で、ここの若先生」

真樹子が言い、道場主の隣にいる三十代前半の男を紹介した。彼は何故か稽古着姿だった。あるいは新年の初稽古を終えたばかりなのかもしれない。

「橘真司です。悦ちゃんに勝ったんだって？　できれば料理を食べる前に、僕と手合わせしてくれないかな」

彼が、挑戦的な眼差しで言う。

「ちょっと、相手は初心者なのよ。あなたは六段でしょう」

真樹子がたしなめるように言ったが、

「いいですよ」

保一は気軽に答えていた。

「よし、ではお願いしよう」

真司はすぐに立ち上がり、保一のために防具と稽古着を出してきた。道場主や悦子も、一緒になって料理ののったテーブルを道場の隅に移動させた。

どうやら彼は最初から手合わせしたくて、それで悦子に言って保一を呼んだようだった。

保一は案内され、別室で手早く稽古着に着替えた。洗濯ずみで清潔な紺の稽古着と袴が心地好かった。そして垂と胴だけ着けて道場に戻ると、やはり垂と胴を着けた真司が竹刀を選ばせてくれた。

「え？　三尺七寸でいいのかい？　僕は三九だぜ」

「ええ、いいです。チビだから短い方が使いやすいでしょう」

保一は言い、長身の真司を見上げた。この家系はみな背が高いようで、真司は百八十はありそうだった。

やがて双方、面と小手を着けた。そして礼をして蹲踞し、道場の真ん中で対峙した。

二人とも中段。真司は様子を見るように竹刀を小刻みに上下に震わせながら間合いを詰めてきた。

周りでは、真樹子と悦子が固唾を呑んで見守り、審判役の道場主は跡継ぎである息子の勝ちを疑わぬように笑みを浮かべていた。

実際、ろくに竹刀を握ったこともない高校一年生が、小学校から大学まで剣道に明け暮れ、今も地元警察で指導をしている錬士六段の息子がよもや負けるわけはないと確信しているのだろう。悦子が負けたのは何かの間違い。そして保一に怪我さえさせなければいいぐらいに思っているようだった。

しかし、間合いが詰まったところで、いきなり保一が下段に取ったのだ。小柄な彼が、さらに小さく見えたことだろう。

真司は、一瞬驚いたようだが、その隙を逃がさず素早く面に飛びこんできた。

だが、その一瞬が命取り。保一は彼の倍の速さで竹刀を擦り上げ、長身の彼に飛び上がるようにして面を奪っていた。

激しい打突の音に、美女二人は目を見張り、道場主と真司は何が起こったか分からず呆然としていた。

「こ、甲源一刀流……？」

道場主が呟き、すぐに気を取り直して片手を挙げた。

「一本！　面あり！　二本め用意」

双方元の位置に戻り、中段に構え直した。

面を奪われた真司は、かなり動揺しているようだ。そして完全に本気になったように、道場主の「はじめ！」の声とともに大上段に構えを取った。

長身の彼が、さらに大きく見えた。

しかし保一は怯まず、またゆっくりと竹刀を下げて下段の構え。

「リャーアアーッツ……！」

威嚇するように真司が気合を発し、フェイントをかけながら軽快にステップを踏んだ。

だが保一はピクリとも動かない。

誘いに乗ってこないのを焦れたように、また先に真司が仕掛けてきた。やはり積極的な性格らしい。まずは両手で保一の小手を狙ったが、それはわざと外し、渾身の勢いを込めて片手の面打ち。

保一は、一瞬姿を消したかと思うぐらい素早く身をかわし、慌てて真司が中段に戻ったところを小手打ち。ピシッと小気味良い音が響き、さらにとどめを刺すように横面打ちの激しい音が響き渡った。

「しょ、勝負あり……」

道場主が片手を挙げ、保一はさっさと自分の位置に引き返してきた。

誰も声はなく、真司はまだ打たれた場所から動こうとしなかった。手加減や油断で負けたのではなく、誰もが保一の素早い動きと正確な打突に舌を巻いていたのだ。

保一が蹲踞すると、ようやく真司も我に返ったように竹刀を合わせ、礼をした。そのまま保一は、さっき案内された更衣室に入って私服に着替え、稽古着と袴をたたみ、防具を揃えて道場に戻った。

真司は、まだ面も外さず座り込んでいた。それを道場主が宥めるように諭している。

「あの子には、いくら稽古を積んでも勝てんじゃろう。世界が違うようだ。おそらく昔の武術家でも乗り移っているのだろう。彼に勝てるのは技ではなく、加持祈禱ぐらいじゃないか」

ありがちな励ましの言葉より、慰めにもなっていないが、言い得て妙だった。さすがに年季を積んでいるだけあり、あながち的外れな意見ではない。

「さあ、もういいでしょう。宴会に戻るわ」

いちばん保一のデータを知っている真樹子が言い、悦子と一緒にテーブルを戻した。

道場主は何とか席に戻ったが、真司は奥へ引っ込んでしまった。さすがに、新年早々ショックを受けてしまったようだ。

「いやあ驚いた。剣道界に来る気はないかい？　すぐ全国大会に出られるよ」

道場主が言ったが、保一は笑顔で辞退した。やりたいことが山ほどあるのだ。

やがて料理も片づき、保一は帰ることにした。

すると玄関まで真樹子が追ってきて話しかけてきた。

「私は、明日にも東京に戻るわ。君は、いつ来る？」

「はあ、じゃ明後日にも」

「そう。待ってるわ」

「あの人、大丈夫ですか？」

「弟のこと？　いいのよ。最近少し天狗だったから、いい薬になったでしょう」

真樹子は言い、保一は道場を出た。

すると、今度は和服姿の悦子先生が追ってきた。

「送るわ。待ってて」

言い、すぐに駐車場から車を出してきた。保一は助手席に乗り込み、悦子先生は和服で運転した。

「やっぱり、真司さんでも勝てないのね……」

「くやしい？」

「ええ、とっても……」

悦子先生は、前方を睨みながら答えた。あるいは先日の、バスルームでのことを恨みに思い、強い従兄を仕向けたのかもしれない。

「先生の部屋、寄ってもいい？」

「これから私も実家へ帰るの」

「少しだけでいいから」

保一はムラムラと欲情しながら言った。まだ年が明けてから女体に触れていないのだ。

すると悦子先生は、自分のアパートではなく海岸添いにあるモーテルに車を入れた。ここの方が、アパートに遠回りせず実家に向かえるのだろう。

保一は、初めて入ったモーテルの個室を興味深く見回した。

案外狭く、ベッドの他は小さなテーブルと椅子、冷蔵庫に小型テレビだけだ。バスルームを見ると、これも便器と一緒になった狭いものだった。

「脱いでも大丈夫？　自分で着られるの？」

「ダメよ。伯母さんに着付けてもらったの」

「でも、車で家に帰るだけでしょう？」

「親戚が来ているから、乱したくないの。それに時間もないから、すぐすませて」

悦子先生は素っ気なく言い、それでもベッドの端に腰を下ろした。

保一が唇を求めると、お化粧や口紅が溶けるのを嫌がってか、舌だけ伸ばしてきた。

彼も舌を伸ばし、チロチロと舐め合った。熱く湿り気のある息が甘く匂い、これはこれで艶めかしいキスだった。

保一も全部脱ぐのは止め、ズボンとブリーフだけ脱いだ。

「お口でしてあげるわ……」

彼女が言うので、ピンピンに勃起しているペニスを突き出すと、悦子先生は屈み込み、亀頭に舌を這わせてくれた。

真っ赤な口紅の塗られた唇が、淫らに丸く開いてペニスをしゃぶる様子は何ともエロチックで、たちまち保一は高まってきた。

「ね、僕も舐める」

「いいのよ。このまま出して。飲んであげるから」

「でも、やっぱり一つになりたい」

保一は股間を離し、悦子先生の裾をめくりはじめた。

「待って……」

彼女は立ち上がり、自分でトイレの時のように裾をめくり上げていった。スラリと長いナマ脚が現われ、保一は白くムッチリとした内腿の間に顔を割り込ませていった。

黒々とした恥毛に鼻を埋めると、ほんのりとした汗の匂いが鼻腔をくすぐってきた。

真下のワレメに舌を這わせると、素っ気ない態度とは裏腹に、そこはもう熱い大量の愛液がネットリと溢れていた。

「ああ……」

悦子先生が喘ぎ、着物を乱さないようベッドに俯せになった。足は床に突いたままだから、お尻がこちらに突き出された。

保一は床に膝を突き、後ろから彼女のワレメと肛門を舐め回し、やがて身を起こしてバックから膣口に挿入していった。

ヌルヌルッと奥まで潜り込むと、熱く濡れた柔肉がキュッと保一自身を締めつけ、下腹部に丸いお尻がひんやりと当たって弾んだ。

「アアーッ……！　き、気持ちいい……」

腰を突き動かすと、悦子先生が本格的に喘ぎはじめ、ピストン運動のたびに愛液と柔肉が摩擦されてクチュクチュと淫らな音を響かせた。

やがて保一は高まり、悦子先生とほぼ同時に昇りつめていった……。

エピローグ

「千佳は青森に帰っているわ。こっちへ戻るのは来週になってから」

いつもの白衣姿で真樹子が言い、保一を奥のソファベッドに誘うと、すぐに彼を抱き寄せてきた。

正月の四日。保一は再び上京し、貴代子には夕方行くと連絡をし、まずはまっすぐ医大の真樹子を訪ねてきたのだった。

真樹子はそのまま保一を仰向けに押し倒し、上からピッタリと唇を重ねてきた。

すぐに保一の口に舌が侵入し、クチュクチュと妖しく蠢いた。トロリとした唾液の粘つきが増し、熱く湿り気のある吐息も、ほんのり甘酸っぱいブルーベリーに似た匂いになっていた。

と、少し感覚が以前と違っていることに保一は気づいた。

真樹子は舌を蠢かせながら、保一にパワーを与えるようにトロトロと大量の唾液を口移しに注ぎ込んできた。

保一はうっとりと喉を潤し、甘美な快感とともにムクムクと激しく勃起させていった。

すると真樹子が、唇を密着させたままウッと息を詰め、同時に温かな粘液が大量に保一の口の中に流れこんできた。

「ンン……」

夢中で飲み込みながら味わうと、それはフルーツの味だった。未消化のオレンジやリンゴの塊が粘液にまみれ、真樹子の胃から逆流しているのだった。それでも、流れはすぐに収まり、真樹子は甘酸っぱい芳香の息を吐きながら、粘液の糸を引いて口を離した。

「どうやら、妊娠したようなの」

「ええっ……？」

「ここのところ、果物ばかり欲しくなるわ。特に柑橘系の。だから、君も飲むのが爽やかでしょう？」

真樹子は言いながら、さらに口に溜まった生唾をクチュッと保一の口に垂らしてきた。

「だ、だって、まだ年末にしはじめたばかりじゃない。妊娠って、そんなにすぐに分かるものなの？」

保一は驚き、女体のメカニズムの知識はないまま、それでも少し早すぎるのではないかと疑問に思った。

「新人類なのよ。かなり急激な速さで成長を続けているわ」

「そ、そんな……」

保一は思わず、彼女の白衣の腹のあたりに目をやった。

その奥に、新たな生命が息づいているのだ。しかし自分の子供という実感は湧かず、むしろ得体の知れない怪物のように思えた。

もし妊娠が本当で、真樹子の言うとおり常識外れの速さで成長しているとしたら、それは一体どんな人間になってしまうのだろう。保一と真樹子の先祖全ての知識と技術を持った人間、それは地球の救世主となるのか、あるいは世界制服者となるのか、今の保一には想像もつかなかった。

「脱いで」

やがて真樹子がベッドを下りて言い、自分も手早く服を脱ぎはじめた。

保一は、疑問を抱いたまま、それでも興奮は治まらず服を脱いで全裸になった。そして同じように全裸になった真樹子が、再びベッドに上ってきた。その下腹は、本当に微かに膨らみを帯びてきているように見えた。

「もう動きはじめているのよ。それに、ほら、これももう出るの」

上になった真樹子が言い、巨乳を両手で持ち上げるように揉みしだいた。

すると左右の乳首に、ポツンと白い点が浮かんできたのだ。何と、早くも出産前に母乳が分泌されはじめているのだ。

保一は声もなく、あらゆる考えを頭の隅に押しやりながら、その新たなエキスに舌を伸ばしていった。乳首を含み、そっと吸うだけでたちまち舌が甘ったるい味に満たされてきた。

「今日は、予備のためにザーメンのサンプルだけ採らせてもらうわ。そうしたら、もう帰っていいわ」

真樹子が、母乳を吸わせながら醒めた口調で言う。どうやら彼女の興味は、もう保一から腹の子の方に移っているようだった。あるいはこのまま、彼女が流産でもしない限り、もう保一には連絡してこないかもしれない。何しろ、保一の倍のパワーを持った子が自分のものになるのだ。

やがて吸っているうち頬が疲れ、保一が口を離すと、すぐに真樹子はコンドームを取り出して、まずはナマでフェラチオをしてくれた。温かな口の中で舌を蠢かせ、喉の奥まで呑み込んで吸い、スポンと口を離してから勃起した彼のペニスにコンドームを装着してきた。

そして真樹子は仰向けの彼の股間に跨り、上からゆっくりと挿入してきた。

「ああッ……、いいわ……」

真樹子は深々と受け入れ、キュッと締め付けながら腰を上下に動かしはじめた。

保一は真樹子との別れに胸を痛めながらもジワジワと快感が高まり、すぐに昇り詰めてしまった。

「もう出ちゃったの……？」

真樹子が言い、それでも不満気な様子もなく身を離してきた。そして事務的にティッシュで股間を拭いて処理をしてから、コンドームに入ったザーメンを大切に保管した。

保一はノロノロと身を起こしながら、早く叔母貴代子の待つ家へ行きたいと思った。

◎『先生と僕　放課後の初体験』（二〇〇二年・マドンナ社刊）を修正し改題いたしました。

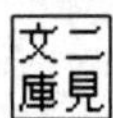

僕と先生　教えてください

著者　睦月影郎

発行所　株式会社 二見書房
東京都千代田区神田三崎町2-18-11
電話 03(3515)2311［営業］
03(3515)2313［編集］
振替 00170-4-2639

印刷　株式会社 堀内印刷所
製本　株式会社 村上製本所

落丁・乱丁本はお取り替えいたします。
定価は、カバーに表示してあります。

ISBN978-4-576-20013-2
https://www.futami.co.jp/

誘惑夏合宿

MUTSUKI,Kagero
睦月影郎

相手に自分の精子が入るとその心理を「スパイ精子」が伝えてくる――能力を持つ吾郎は、大学助手の百合子からある依頼を受ける。彼女が顧問をしているミス研の部員が急速に減っており、その原因はひとりのレズの学生らしいのだが、張本人を突き止めてほしい、と。吾郎は早速女子大生たちと関係を持ち、その度に「スパイ精子」を放つが……。書下し官能エンタメ!

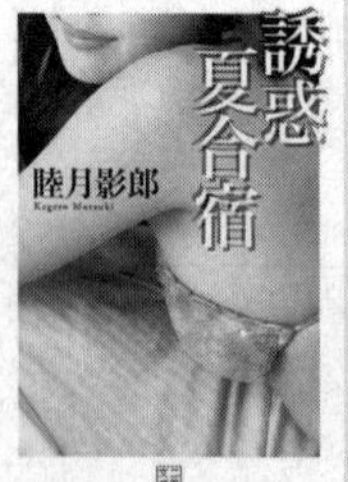

二見文庫の既刊本

人気女優の秘密

MUTSUKI,Kagero
睦月影郎

高校三年生の怜治は、文化祭の演劇部発表会当日に、体育館で隣の席に座った同じ高校のOBであり人気女優の進藤麻衣子と知り合った。その夜、さっそく麻衣子から「相談がある」と呼び出され、衝撃的な言葉を聞かされることになる。驚く怜治に「かわいい」と妖しい視線を送ってくる麻衣子の前に動くこともできず……。超人気作家による青春官能エンタメ！